Quando o Amor vence o Ódio

Somos associados da **Fundação Abrinq** pelos direitos da criança.
Nossos fornecedores uniram-se a nós e não utilizam mão de obra infantil ou trabalho irregular de adolescentes.

Quando o amor vence o ódio

Copyright by © Petit Editora e Distribuidora Ltda., 2013
1-6-13-15.000

Direção editorial: **Flávio Machado**
Assistente editorial: **Renata Curi**
Produtor gráfico: **Vitor Alcalde L. Machado**
Capa: **Danielle Joanes**
Imagem da capa: **Dm_Cherry | Shutterstock**
Projeto gráfico e editoração: **Ricardo Brito | Estúdio Design do Livro**
Preparação: **Maiara Gouveia**
Revisão: **Katycia Nunes**
Impressão: **Sermograf – Artes Gráficas e Editora Ltda.**

Dados Internacionais de Catalogação na Publicação (CIP)
(Câmara Brasileira do Livro, SP, Brasil)

Luizinho (Espírito).
   Quando o amor vence o ódio / romance do Espírito Luizinho ;
psicografado pela médium Marlene Saes. – 1. ed. – São Paulo : Petit
Editora, 2013.

   ISBN 978-85-7253-230-3

   1. Espiritismo   2. Psicografia   3. Romance espírita   I. Saes,
Marlene.   II. Título.

13-06444   CDD: 133.93

Índices para catálogo sistemático:
1. Romances espíritas psicografados : Espiritismo   133.93

Direitos autorais reservados.
É proibida a reprodução total ou parcial, de qualquer forma
ou por qualquer meio, salvo com autorização da Editora.
(Lei nº 9.610, de 19 de fevereiro de 1998)
Traduções somente com autorização por escrito da Editora.
Impresso no Brasil, no outono de 2013.

Prezado(a) leitor(a),
Caso encontre neste livro alguma parte que acredita que vai interessar ou mesmo
ajudar outras pessoas e decida distribuí-la por meio da internet ou outro meio,
nunca deixe de mencionar a fonte, pois assim estará preservando os direitos
do autor e, consequentemente, contribuindo para uma ótima divulgação do livro.

Quando o Amor vence o Ódio

Romance do Espírito
Luizinho

Psicografado pela médium
Marlene Saes

Rua Atuaí, 389 – Vila Esperança/Penha
CEP 03646-000 – São Paulo – SP
Fone: (0xx11) 2684-6000
www.petit.com.br | petit@petit.com.br

Sumário

Palavras do autor espiritual 7

Capítulo 1 9

Capítulo 2 17

Capítulo 3 27

Capítulo 4 37

Capítulo 5 47

Capítulo 6 55

Capítulo 7 65

Capítulo 8 73

Capítulo 9 83

Capítulo 10 93

Capítulo 11 101

Capítulo 12 107

Capítulo 13 115

Capítulo 14 123

Capítulo 15 131

Capítulo 16 139

Capítulo 17 145

Capítulo 18 153

Capítulo 19 161

Capítulo 20 169

Capítulo 21 177

Capítulo 22 183

Capítulo 23 191

Capítulo 24 201

Capítulo 25 209

Capítulo 26 219

Capítulo 27 227

Capítulo 28 235

Capítulo 29 247

Capítulo 30 259

Capítulo 31 267

Capítulo 32 279

Capítulo 33 293

Capítulo 34 307

Palavras finais 317

Palavras do autor espiritual

A jornada de cada espírito é desenhada com as cores que o artista deseja imprimir. Os momentos opacos da vida, em que se tingem de negro todos os nossos pensamentos e sentimentos, mostram que ainda nos falta o amor exemplificado por Cristo.

Cada vivência terrena representa bendita oportunidade de redenção para todos nós. Porém, em razão da nossa imaturidade, deixamos passar as mais promissoras possibilidades de reajuste.

Cultivar o ódio, o desejo de vingança, o olho por olho, dente por dente, é estacionar na estrada evolutiva. Cada vez que encontramos desafetos, Deus nos oferece a chance de perdoar, de usufruir da benção do perdão, e nós ignoramos esse presente sagrado.

Cada retorno à Terra exige longo tempo de preparação, em que somos orientados, instruídos e fortalecidos para as lutas que enfrentaremos. Reencarnamos com uma rica bagagem de promessas, compromissos e projetos idealizados no plano espiritual. Mas os acenos da materialidade, o cultivo do egoísmo, do orgulho, da ambição desmedida, colocam uma venda em nossos olhos, e assim deixamos de enxergar a luz do amor, do perdão, da caridade, da humildade, da solidariedade e da fraternidade.

É chegada a hora de desatarmos as amarras que nos prendem a sentimentos inferiores e alçarmos o voo da liberdade redentora, sem sentir vergonha de nos mostrarmos caridosos, pacíficos, misericordiosos, puros de coração. É momento de pedir e dar o perdão, de oferecer a outra face, como nos ensina Jesus.

É chegado o momento de separar o joio do trigo! Seguindo Jesus, seremos o trigo que se transforma em pão sagrado, aquele que sacia a fome de quem estende as mãos franzinas em nossa direção.

A estrada de Damasco está à frente de todos nós! Encontraremos Jesus, e Este nos convidará a segui-Lo. Façamos como Paulo, perguntando-Lhe: *Senhor, o que queres que eu faça?*

ESPÍRITO LUIZINHO

1

O amanhecer traria a luz do sol para iluminar, mesmo que de maneira tímida, aquele ambiente, aquecendo a casa modesta onde se ouvia o choro de um bebê recém-nascido. A jovem Catarina dera à luz durante a madrugada, depois de várias horas de apreensão por parte da boa e prestativa parteira, que, incansável, ali permanecia desde a tarde do dia anterior.

Impaciente e ansioso, Igor somente há pouco conseguira adormecer, a fim descansar do dia de trabalho e da longa espera pela chegada de sua primeira filha. Sabia que logo pela manhã os afazeres o aguardavam para as providências diárias. Como responsável pela colheita do trigo, precisava estar em condições de gerenciar os camponeses.

O representante do conde Nicolai, senhor Wladimir, não se importava com a vida ou problemas de seus subalternos. Dizia sempre que lhe deviam obediência e respeito e, se quisessem permanecer nas terras do conde – russo extremamente exigente e, de certa forma, cruel –, precisavam desempenhar suas funções de maneira eficiente e rentável. A fama daquele nobre desalmado, que apenas se importava com os rendimentos de suas propriedades, corria por toda a Rússia.

Igor procurava cumprir seus deveres com rigor, pois a colheita devia acontecer no momento certo, e o senhor Wladimir já o advertira que o trigo destinado à produção de bebida alcoólica estava no ponto de ser colhido.

Depois de um breve período de sono, já estava em pé e buscava o agasalho e as botas que iriam protegê-lo da baixa temperatura. Precisava dirigir-se ao campo e iniciar as tarefas daquele dia.

Esse jovem pai não era afeito a demonstrações de carinho, mas sentiu enorme desejo de olhar de perto a criança que havia chegado para iluminar sua vida. Pé ante pé, dirigiu-se até o leito de Catarina, a qual, adormecida, enlaçava a criaturinha indefesa, porém pronta para ocupar seu espaço na vida dos pais.

Com um misto de alegria e preocupação, sensação desconhecida para ele, e sem saber por que, Igor sentiu um arrepio repentino que o deixou um pouco assustado. Parecia que aquele ser pequenino o observava, embora com os olhinhos fechados. Teve a impressão de notar na filha uma presença marcante, e essa presença o fazia sentir-se em dívida, cobrado. Era algo que não saberia explicar.

Silenciosamente, deixou a moradia e seguiu até o vale, onde avistou ao longe um grande número de camponeses iniciando a sua labuta diária. Ao chegar, cumprimentou os lavradores, e estes responderam respeitosamente ao cumprimento.

Tinha vontade de falar da filha àqueles homens tão próximos, embora não fosse comum ter esse tipo de atitude com os camponeses. Apesar de também ser tratado pelo senhor Wladimir com a devida distância, sentia certa superioridade com relação aos lavradores, mesmo sabendo que poderia perder sua função a qualquer momento, pois certos nobres não tinham nenhum respeito pelos servidores.

Após acompanhar as primeiras tarefas daquela manhã, seguiu até a casa do senhor Wladimir. Na entrada, havia um imenso alpendre destinado a reunir os serviçais para as ordens do dia. Ali já se encontrava Dimitri, o responsável pela cultura do milho, lavoura que ocupava uma grande área rural.

Igor sentiu-se profundamente incomodado com a presença de Dimitri. Os dois se conheciam desde meninos e desde essa época tinham rusgas, no início contornadas pela pureza da infância. A fase adulta, porém, os deixou em condição de disputa tanto no meio das moças como nas funções do imenso império agrícola do conde Nicolai, e ambos deixaram fluir a imensa antipatia mútua.

Mantendo as aparências, cumprimentaram-se, pois havia mais pessoas no local, mas intimamente nenhum dos dois sentiu prazer por esse encontro.

Naquele momento, Igor lembrou-se da filha, e algo lhe disse para acalmar sua ira quase espontânea, pois acabara de ser premiado pelo Criador, enquanto Dimitri sequer havia constituído família. Observou o antagonista e, imediatamente, notou que ele tinha uma deficiência na perna direita; sua aparência era desagradável; sua postura, um tanto curvada.

A chegada do senhor Wladimir o retirou do devaneio, chamando-o à realidade.

Sem ao menos cumprimentar seus colaboradores, foi logo dizendo em tom ríspido:

— Como vocês sabem, temos apenas dois dias para colher todo o trigo e preparar a colheita para que seja transportada à cidade de São Petesburgo, de onde seguirá até seu destino. Quanto ao milho, devemos aguardar mais alguns dias, porém o trato na plantação, me parece, está deixando a desejar!

Dimitri baixou a cabeça, sem nada responder, procurando manter a calma e não demonstrar seus sentimentos. Tentou manter um semblante que não demonstrasse sua imensa raiva ao ouvir aquela reprimenda.

— Senhor — tentou argumentar — tivemos problemas enormes com a epidemia de difteria que atingiu muito de nossos camponeses. Estamos fazendo o possível!

— O proprietário destas terras — falou Wladimir — permite, generosamente, que os camponeses trabalhem aqui. Como sabem, ele não admite prejuízos! Portanto, é sua responsabilidade contornar todas as situações!

— Farei tudo para cumprir minhas tarefas — respondeu Dimitri, que se colocava cabisbaixo, porém sentia um verdadeiro furacão em seu íntimo.

Igor sentiu certo prazer ao ouvir aquelas palavras, pois a repulsa que nutria por Dimitri fazia que aflorassem sentimentos mesquinhos, aparentemente adormecidos.

Wladimir deu por encerrada a conversa e cobrou de todos presteza no trabalho a ser realizado, deixando claro que não aceitaria nada que viesse contrariar suas ordens.

Montando em seu cavalo, Igor voltou à área onde o trigo estava sendo colhido. Ao repassar as ordens de Wladimir, colocou sua pitada de veneno nas palavras que proferia. Isso porque, em seu íntimo, também gostava de ser obedecido, e a posição de comando lhe dava uma certa alegria.

Dentre os camponeses, Igor contava com apenas um amigo sincero. O sempre prestativo Mikhail era a pessoa em quem confiava. Desde a morte de seu pai, via nele um conselheiro. Por inúmeras vezes procurou sua sabedoria e orientação quando percebia que era dominado por sentimentos de ódio ou de inveja. Era comum seu coração ser invadido por esses sentimentos, normalmente quando contrariado em seus anseios, ou quando via outro servidor do conde Nicolai receber algum privilégio que ele considerava injusto.

Assim, ao avistar Mikhail, foi logo dizendo:

— Caro amigo, nesta madrugada minha Catarina trouxe ao mundo nossa pequena Karina. Senti emoção intensa. Ao mesmo tempo, olhando para a criança, senti algo estranho. Tive a impressão de conhecê-la. E mais... me senti, de alguma forma, um tanto inferior. Não sei explicar direito que sentimento é este.

— Calma Igor — Mikhail respondeu com muita tranquilidade. — A emoção de ser pai, a responsabilidade que lhe tocou a alma, são sentimentos que provocam certa preocupação. Você está muito empenhado em não decepcionar o senhor Wladimir e, ao mesmo tempo, precisa cuidar para que os camponeses que estão sob suas ordens não falhem em suas obrigações. Em minha opinião, é só isso que está acontecendo, nada mais.

Mikhail, naquele instante, era o instrumento por intermédio do qual se manifestava o Espírito Valentim, bondoso instrutor, empenhado em auxiliar Igor a redimir seus erros naquela existência terrena. O dia transcorreu como tantos outros e, para sua satisfação, Igor constatou que a colheita fora satisfatória. No dia seguinte estaria concluída. Cumpriria assim o prazo dado pelo senhor Wladimir. Agora, parecia estar mais leve. As palavras do amigo Mikhail e o resultado do dia de trabalho tiveram o dom de acalmá-lo.

2

Ao retornar à sua casa, Igor deparou-se com Anna, irmã mais velha de Catarina, que chegara durante o dia. Com a mãe presa ao leito em virtude de uma moléstia crônica, Anna julgou ter o dever de ajudar a irmã que acabara de dar à luz.

O relacionamento entre os cunhados não era nada confortável. Havia uma longa história, iniciada no dia em que o pai de Catarina e de Anna apresentara esta última, sua filha mais velha, como uma moça pronta para o casamento.

Esse episódio ainda estava muito vivo no coração de Anna, embora para Igor já tivesse sido superado. Dessa forma, sempre que se encontravam, pairava no ar um sentimento desagradável por parte de Anna, que, mesmo gostando muito da irmã, guardava em seu íntimo a sensação de ter sido preterida.

Catarina nunca se importara com este fato. Para ela, ter encontrado Igor naquela tarde, na varanda de sua casa, havia representado um verdadeiro reencontro, tal a alegria que a invadiu quando ele a cumprimentou, perguntando por seu pai. Essa memória ainda era muito forte em sua mente. Lembrava-se perfeitamente do diálogo inicial.

— Boa tarde – disse o jovem. — Desejo falar com o seu pai. Ele está?

— Sim, entre, por favor.

— Obrigado, senhorita...

— Sou Catarina. Você é Igor, não é? Não se lembra mais de mim?

— Sinceramente, não. Quando vocês deixaram a propriedade do Conde, creio que, por ser mais jovem, você não costumava levar o almoço para seu pai, como fazia Anna, pois não me lembro de tê-la conhecido.

— Eu fico mais em casa. Em razão da doença de mamãe, precisamos dividir os serviços, e, há algum tempo, cabe a mim preparar as refeições.

— Quer dizer que você é a responsável pela boa alimentação da família? Acho que é por esse motivo que estão todos saudáveis.

Ambos riram com muita espontaneidade. Em seguida, Catarina foi chamar o pai, que se encontrava no interior da moradia.

— Boa tarde, Igor, é uma imensa alegria recebê-lo em minha casa.

Catarina retirou-se, como mandava a boa educação, enquanto a conversa animava o ambiente. Igor ficara muito impressionado com a beleza e a graça de Catarina. Até esqueceu, por alguns instantes, que estava ali para conversar sobre Anna.

— Meu caro Igor, sei que você está aqui para dar continuidade à nossa conversa sobre minha filha Anna. Quer que eu a chame para que a conheça mais de perto? Apesar de não ser tão grande a distância entre nossas vilas, creio que vocês nunca conversaram, estou certo?

— É verdade, senhor Ivan, nunca tive oportunidade de conversar com Anna ou Catarina, que acabei de conhecer.

Ivan notou certo entusiasmo em Igor quando este se referiu a Catarina, mas tomou isso como uma suposição de sua parte.

Ao sair em busca de Anna, encontrou as duas filhas cuidando da mãe, que estava febril. A boa senhora, ao saber da presença de Igor, a quem conhecera enquanto menino ainda, pediu a elas que a deixassem um pouco e acompanhassem o pai até a sala.

Ivan ficou em dúvida: deveria levar as duas filhas, ou apenas Anna? A mãe das moças, porém, ficou tão entusiasmada com a informação que, em sua ingenuidade materna, acabou incentivando as duas filhas a levarem uma xícara de chá e alguns biscoitos à visita inesperada, pelo menos para elas.

Dessa forma, Ivan ao retornar à sala, solicitou a presença de ambas, as quais já haviam providenciado o chá e os biscoitos.

Conforme o costume da época, a apresentação, feita pelo pai, foi rápida e muito formal. Mantendo uma distância considerável, Ivan apresentou Anna, acrescentando que Igor ali estava atendendo a um convite seu, mas não entrou em detalhes. O pai mal apresentou Catarina, pois, por ser a filha mais nova, nem se cogitava em algum compromisso para ela, por enquanto.

Naquele momento, Igor sentiu-se diante de um grande problema. Fez uma pequena reverência às duas moças, e, em seguida, o senhor Ivan fez um sinal com o olhar, indicando que as duas deveriam deixar a sala. De imediato, Anna e Catarina saíram dali e retornaram para junto da mãe, ambas ansiosas pelo desfecho da conversa, cada qual com suas aspirações.

Essas lembranças, muito vivas tanto na mente de Anna como na de Catarina, vieram à tona, no momento em que as irmãs se encontraram, naquela tarde. Mas, rapidamente, retornaram à realidade, dissipando assim aquelas memórias.

O abraço saudoso que uniu as duas tinha certo gosto de cobrança. Anna sentia que o amor pela irmã ainda existia, mas caminhava junto com um sentimento de derrota. Catarina, que também amava muito a irmã, sentia um pouco de culpa por haver se casado com Igor, que fora à sua casa, a convite do pai, para conhecer mais de perto a filha mais velha, e não ela.

Mas ambas, almas ligadas por laços muito fortes, se abraçaram e superaram esses pensamentos.

Anna dirigiu-se de imediato ao berço da sobrinha e, num impulso, trouxe aquele pequenino ser junto ao seu coração. Abraçou a criança com muito carinho e sentiu por ela um amor profundo dentro da alma. Foi um sentimento intenso que a envolveu, que dava a impressão de conhecer aquela menina há muito tempo...

— Catarina, quantas saudades! A saúde de mamãe piora a cada dia. Com isso, nos afastamos bastante. Mas você sempre esteve em minhas lembranças. Estou feliz por você.

— Eu também estava com saudades, Anna. Desde que engravidei, tive muitas dificuldades. Algumas vezes passei muito mal. E nossa bondosa parteira esteve sempre me aconselhando a não me distanciar muito, principalmente se tivesse que utilizar cavalo ou mesmo a carroça.

As duas irmãs conversaram em harmonia, sentindo alegria pelo reencontro.

Com a chegada de Igor, uma atmosfera momentânea de desconforto pairou no ar. Mas todos procuraram superar esse primeiro impacto. Igor se apressou em cumprimentar a cunhada, que também procurou ser natural.

Catarina, espírito vivaz, notou a situação e procurou dissipar rapidamente qualquer nuvem capaz de macular aquele ambiente sagrado para ela. Com seu jeito alegre, foi logo dizendo ao marido que eles teriam um jantar especial naquele dia, pois Anna, útil desde que chegara, havia preparado a refeição.

Eles não perceberam, mas ali estava o Espírito Valentim, bondoso instrutor que há tempos amparava o grupo, comprometido, naquela encarnação, a realizar importantes reajustes espirituais. Ele emanava fluidos de harmonia, os quais eram absorvidos por todos, evitando assim que o ambiente se degenerasse em sentimentos menos felizes, que pudessem afetar a atmosfera espiritual ali reinante.

O jantar transcorreu em paz. A todo o momento, Catarina procurou saber notícias dos pais, evitando assim que o assunto acabasse e houvesse algum desconforto.

Depois de um pouco mais de conversa entre os três, ouviu-se o choro de Karina, certamente faminta. Igor aproveitou para pedir licença a Anna e acompanhar Catarina ao quarto, pois o cansaço já o convidava ao repouso.

Com a filha no colo para iniciar a amamentação, Catarina perguntou ao marido:

— Igor, como você encarou a vinda de Anna para me auxiliar nestes primeiros dias após o nascimento de nossa filha? Isso o incomodou de alguma forma? Tive a impressão que você não estava à vontade. Estou certa?

Igor pensou bastante antes de responder. Não sabia qual seria a reação da esposa se ele fosse sincero. Não poderia dizer que a presença de Anna não o deixava à vontade porque via em seu olhar uma chama que não conseguia entender. Seria de ódio ou de paixão?

Dessa forma, com palavras bem escolhidas, procurou deixar claro que, se Catarina julgava necessária a ajuda da irmã, não seria ele quem atrapalharia essa oportunidade de aproximação. Afinal, houvera um estremecimento entre todos desde o momento que decidira pedir a mão de Catarina em casamento.

Aquela noite transcorreu mais tranquila do que a anterior, pois Catarina procurava aconchegar a pequenina filha em seu regaço, evitando que o marido despertasse com algum ruído, ou mesmo com o choro da criança.

Logo pela manhã, Igor foi mais uma vez surpreendido por Anna. Ao se levantar, viu a mesa posta para o café e observou que a irmã da esposa havia posto ali o leite aquecido, o pão cujo aroma inundava toda a moradia, o mel e o restante do peixe servido no jantar.

Sentiu uma pitada de remorso diante dos pensamentos da noite anterior. Sentiu-se ingrato ao ver que a cunhada se preocupara em preparar o café para ele e para Catarina, que neste momento também chegava à cozinha.

Catarina agradeceu à irmã pela ajuda e disse estar muito feliz por vê-la junto daqueles que mais amava, seu marido e sua filha. Em algumas situações, era sincera demais. Assim, não percebia o efeito de suas palavras. Transbordava de felicidade e, apesar de ser uma pessoa perspicaz, não se detinha muito nas expressões dos outros, talvez por estar em uma fase que considerava a mais importante de sua vida.

Após o desjejum, antes de seguir para o trabalho, Igor despediu-se de Catarina e da filha com um beijo. Também se despediu de Anna, somente com um aceno, e então desejou que tivessem um bom dia. Neste momento, recebeu de Anna o almoço, já acondicionado em bolsa protetora. Agradecido, retirou-se.

— Anna, muito obrigada, minha irmã. Você pensou em tudo. Serei sua eterna devedora – disse Catarina, comovida.

— Não se preocupe em agradecer — respondeu Anna. — Tenho certeza de que você faria o mesmo, se estivesse em meu lugar.

3

Ao chegar à plantação de trigo — onde se esperava que fosse concluída a colheita naquele mesmo dia, conforme ordenara senhor Wladimir —, teve uma surpresa. Viu que o número de camponeses empenhados no trabalho era bem pequeno em relação ao do dia anterior.

Sem entender o motivo disso, chamou pelo amigo Mikhail, a fim de encontrar explicação. O amigo, de início, titubeou para relatar o acontecido, escolhendo as palavras, pois já sabia qual seria a reação de Igor ao ouvir o que se passara.

— Igor, talvez tenha havido um mal entendido. Dimitri chegou muito cedo, logo ao raiar do dia, e informou a alguns camponeses que hoje precisaria de seus serviços para a limpeza do milharal. Como os pobres homens não têm autoridade para decidir, e como ele responde pela plantação e pela colheita, assim como você, os lavradores acabaram entrando na carroça que os transportou lá para o norte da propriedade.

Igor sentiu o sangue subir ao rosto e queimar em suas veias. Fechava as mãos e procurava se controlar diante do amigo. Apenas perguntou:

— Mikhail, você tem conhecimento da ida de Dimitri à casa do senhor Wladimir? Teria ele permitido essa atitude, mesmo tendo me dado apenas dois dias para realizar a colheita de todo trigo?

— Sinceramente, não sei. Apenas vi Dimitri ordenando a alguns lavradores que o seguissem até o campo de milho.

Igor imediatamente montou em seu cavalo e foi ao encontro de Dimitri. Ao avistá-lo, mesmo de longe, sentiu alterar-se a pulsação. Seu coração batia de forma descompassada, pois sua vontade era apanhar o chicote preso no arreio do cavalo e chicotear aquele homem que agora, mais do que nunca, se apresentava como seu feroz inimigo.

— Com que autoridade você trouxe para cá os camponeses que estavam fazendo a colheita do trigo? – perguntou, enfurecido.

— Com a autoridade de quem precisa preservar o milharal do conde Nicolai — respondeu Dimitri, de forma debochada.

— Explique-se, seu farsante!

— Não lhe devo explicações. Relatei ao senhor Wladimir que ontem, ao final do trabalho, detectei uma praga, a lagarta-da-espiga. Sou responsável pelo milharal. Portanto, precisava de ajuda, que todos se unissem, no dia de hoje, a fim de combater este mal que pode destruir todo o campo de milho. Ele me deu autorização para requisitar quantos homens precisasse, e então decidi chamar alguns camponeses da colheita do trigo para que nosso patrão não seja prejudicado. Ou você não se importa com isso?

Estava claro que Dimitri se aproveitara de uma situação grave, de perigo à colheita, mas que poderia ter sido tratada apenas por seu grupo de trabalho. Entretanto, do modo como colocava as coisas, parecia ter razão.

Igor percebeu que qualquer atitude sua naquele instante poderia dar a entender que colocava em primeiro lugar seu descontentamento, em vez de se preocupar com possíveis prejuízos que o conde pudesse sofrer.

Retornou ao campo de trigo e levou consigo toda a raiva, dizendo a si mesmo que chegaria em breve a oportunidade de dar o troco. Então, reuniu o seu reduzido grupo de trabalho e solicitou, dessa vez de modo mais amigo, que todos se esforçassem ao máximo, pois precisariam encerrar a colheita naquele dia, conforme ficara acertado com senhor Wladimir.

Atirou-se ao trabalho com força hercúlea, procurando dar o exemplo a todos. Embora motivado pela ira, com muita disposição incentivou os camponeses e, durante aquele dia que lhe ficaria gravado para sempre na memória, esforçou-se até o seu limite. Com a colaboração de todos os lavradores, conseguiu concluir a colheita de trigo. Sentiu-se imensamente grato àqueles homens simples, que nem sempre eram tratados de forma gentil. Pela primeira vez, mostrou-se humano. A enorme dedicação de todos foi para ele uma lição: o número de trabalhadores havia sido reduzido, mas a vontade deles fora redobrada.

No retorno para casa, Igor estava aliviado. Mikhail, amigo sincero de todas as horas, não perdeu a oportunidade de lhe dizer que Deus mostra, em cada circunstância, que todos os fatos que nos alcançam, mesmo sendo desagradáveis, trazem um fundo de aprendizado.

— Meu amigo — acrescentou Mikhail — você percebeu como foi importante enfrentar esta situação com coragem? Você percebeu, em algum momento, que durante todo o dia forças divinas o amparavam? Em algum momento cogitou que tudo poderia ter sido diferente se você tivesse se rebelado?

— Mikhail, você é um bom homem! Não enxerga a maldade nas pessoas. Quem pode nos garantir que Dimitri já não sabia da existência da lagarta-da-espiga e esperou o dia de hoje para retirar daqui os camponeses que seriam necessários à colheita do trigo? Pense um pouco!

Mikhail se entristecia ao notar que o ódio entre aqueles dois homens que ele vira crescer só podia ser coisa de um passado espiritual repleto de desacertos. Se fosse verdadeira a suposição de Igor, ficaria claro que Dimitri era mesmo uma pessoa de maus instintos. Se Igor estivesse enganado, então seria ele quem se deixava levar por sentimentos condenáveis.

Com esses pensamentos, nada respondeu ao amigo. Assim, continuaram no caminho de retorno aos seus lares, a fim de descansar das tarefas daquele dia sem precedentes.

Igor lutava para esquecer aquele dia tão árduo. Não queria levar para casa o sentimento ruim, mas estava sendo bastante difícil. Apesar de não ser dado a orações, sentiu que precisava buscar algum amparo, ao menos para suavizar o semblante. Com esse desejo, orou em silêncio.

"Senhor, meu Deus, eu Lhe peço forças para chegar ao meu lar livre destes pensamentos de vingança, lutando para que meu ódio por Dimitri possa ser aplacado".

Quando finalmente chegou a casa, Catarina, em sua alegria contagiante, veio a seu encontro e perguntou sobre como fora seu dia.

— Meu querido! Conseguiram concluir a colheita? Você deve estar muitíssimo cansado!

— Você nem imagina o quanto foi trabalhoso o dia de hoje! Mas o pior não foi o cansaço, o pior foi ter que aceitar a provocação de Dimitri e nada poder fazer para desmascarar aquele homem que procura fazer tudo para mostrar que sou um incapaz. Vou contar o que aconteceu.

— Igor, será que ele é mesmo como você imagina? – questionou Catarina, depois ouvir o relato do esposo. – Não poderia estar falando a verdade? Não é possível que tenha percebido a lagarta somente no dia anterior e, por esse motivo, julgado necessário tomar providências imediatas, para salvar a plantação?

— Não estou acreditando, você está defendendo Dimitri! Será que ouvi direito?

— Meu querido, jamais iria contra você. Quero apenas fazê-lo refletir, pois tudo é possível.

Contrariado, Igor retirou-se para fazer sua higiene antes do jantar. Diante de Anna, não pronunciou mais palavra alguma a respeito do caso. Sabia estar de péssimo humor. Porém, não fazia ideia de que estava sob a influência de dois espíritos que odiavam tanto a ele como a Dimitri e que, por esse motivo, aproveitavam todas as oportunidades para inflamar ainda mais os sentimentos de ambos, dois homens tão impulsivos.

Naquela noite teve sonhos turbulentos, confusos. Revirou-se na cama, fazendo Catarina observá-lo preocupada.

Ao se desligar parcialmente do corpo físico, imediatamente viu a si mesmo em um lodaçal assustador onde havia diversas pessoas atoladas, algumas em imenso desespero. Naquele momento, seu olhar cruzou com o de alguém que não reconheceu de imediato. Era um homem muito forte, que o segurou pelos braços, empurrando-o para a parte mais funda do local. Procurou se desvencilhar daquele brutamonte e tentou fugir, mas não conseguiu. Então houve uma luta insana. As outras pessoas no lugar nada fizeram. Parecia que nem mesmo podiam enxergá-los, e cada uma tinha um semblante mais assustador que o outro.

O desespero tomou conta de Igor, pois lutava com todas suas forças, porém não conseguia se livrar do outro. Diversas vezes foi derrubado. Sentia-se exausto. Em dado instante, percebeu que suas forças o abandonavam. Foi derrubado e sufocado na lama fétida.

Então deu um grito de desespero e, acordando nesse momento, viu-se na cama, sentado, todo molhado de suor e tremendo muito. Catarina se assustou e se apressou a socorrer o marido, que estava confuso e aflito.

Procurou acalmá-lo, dizendo a ele que tivera um pesadelo, e agora tudo estava bem. Pacientemente, buscou uma toalha para secá-lo e pediu para fazerem juntos uma oração a Deus, pois aprendera com a mãe que em todas as horas de angústia somente uma oração tinha o poder de alcançar a ajuda divina.

Depois daquilo, Igor não conseguia mais conciliar o sono. Os olhos daquele homem não lhe eram estranhos. De onde o conhecia, meu Deus! Quem seria ele?

Levantou-se em silêncio e dirigiu-se a um pequeno alpendre na frente da casa, onde uma velha cadeira de balanço o convidava a sentar-se. O frio natural da região o fez procurar a velha manta de lã de carneiro, e ali se acomodou, pensativo.

O que significaria aquele sonho? Seria possível existir um lugar como aquele?

Aos primeiros raios da aurora, levantou-se e preparou-se para ir ao trabalho. Decidiu passar primeiro na lavoura de milho, para checar o que acontecia por ali. Observaria os pés de milho e buscaria algo que pudesse sanar suas dúvidas quanto à veracidade das informações de Dimitri.

Notou sinais de destruição em alguns pés de milho, mas a maioria não os apresentava. Ficou em dúvida: Dimitri realmente precisaria ter tomado a atitude que tomara ou o fizera apenas para provocar uma situação complicada para ele ao dificultar a colheita do trigo?

Montou outra vez em seu cavalo e dirigiu-se à moradia do senhor Wladimir, pois, ao haver concluído a colheita do trigo no prazo estipulado, devia buscar novas ordens. Além disso, esperava alguma palavra de alento ou de incentivo pela tarefa cumprida de maneira satisfatória.

Depois de algum tempo, a porta se abriu, e um serviçal o convidou a entrar, pois seria recebido pelo senhor Wladimir, que o aguardava na antessala.

Não era habitual ao senhor Wladimir estender a mão a uma pessoa que julgasse inferior. Entretanto, para surpresa de Igor, ele lhe estendeu a mão.

4

— **B**om dia, meu rapaz. Você cumpriu sua tarefa, apesar de ter corrido o risco de perder o prazo ao oferecer a Dimitri metade dos seus lavradores, e isso para auxiliar no combate à praga do milho detectada por ele.

Igor sentiu o sangue gelar em suas veias. Então o farsante havia inventado aquela história para o senhor Wladimir? Dessa forma, havia jogado com os dois. O que deveria fazer? O que seria mais prudente? Falar a verdade ou simplesmente aguardar o momento oportuno para desmascarar aquele mau-caráter?

Escolheu falar da boa qualidade do trigo, do esforço dos trabalhadores, e por fim decidiu não dar importância ao comentário que o havia ferido profundamente, pois decidira tirar satisfações com Dimitri na hora certa.

— Igor, conforme a tradição, teremos nossa festa da colheita — afirmou o senhor Wladimir. — Será no próximo sábado, e contaremos com a presença do conde Nicolai.

— Senhor Wladimir, será um momento de muita felicidade, porque poderei apresentar minha filha!

Aquele dia transcorreu sereno, apesar dos pesares, e os camponeses tiveram muito serviço no pós-colheita, mas todos estavam tranquilos.

Retornando à sua casa, Igor se apressou em comunicar à Catarina que no sábado haveria a tradicional festa, e ela deveria acompanhá-lo.

— Poderemos levar minha irmã? Ela tem nos auxiliado tanto desde que chegou aqui — disse Catarina, sempre muito atenciosa.

— Sim, Catarina, ela poderá ir conosco. O senhor Wladimir confirmou a presença do conde Nicolai. Quero levar nossa Karina para que todos a conheçam.

Diante da expectativa do evento que os camponeses tanto apreciavam, os dias correram céleres. Haveria música, muita comida e bebida, jogos e muita diversão.

Por fim, veio o sábado. Bem cedo, os camponeses começaram a chegar, com a família toda, ao espaço onde se realizavam as festas, no interior da bela propriedade de Nicolai.

Catarina havia separado seu vestido mais bonito, todo bordado em cores alegres. Como Anna não viera até a casa da irmã preparada para ir a uma festa, Catarina separou sua roupa mais jovial e ofereceu a ela. Conforme a tradição, as moças solteiras ostentavam coroas de flores na cabeça, enquanto as casadas usavam belíssimos lenços dispostos com muito requinte, formando belos arranjos.

Igor também colocou seu melhor traje. Assim, encaminharam-se ao local onde já estavam reunidos os lavradores e onde também já se encontravam o conde Nicolai e sua família.

O senhor Wladimir estava eufórico com a perspectiva de mostrar ao conde que ali todos eram felizes. Queria deixar claro que era um bom administrador, pois conseguia criar um ambiente amistoso para todos. Evidentemente, a realidade não era bem aquela, mas em dia de festa as aparências, nem sempre fiéis ao cotidiano, cobrem possíveis desavenças.

Igor sentia-se feliz. O conde tinha o hábito de se aproximar de seus colaboradores, para analisar seu comportamento. Não fazia isso por simpatia ou em razão de um jeito cordial, mas para poder sentir, como ele mesmo dizia, como era o caráter daqueles que viviam em sua propriedade.

A condessa, por sua vez, era afável e generosa. Gostava muito de crianças e fazia questão de se aproximar das pessoas. Com gestos mais humanos, demonstrava ser dotada de bons sentimentos. Ao contrário do conde, alegrava-se ao ver a confraternização daquela gente dedicada ao trabalho. Ao se aproximar de Igor e de sua família, fez questão de conhecer a pequena Karina e dizer aos pais palavras de incentivo e carinho por terem recebido as bênçãos de Deus por meio de uma criança tão linda.

Catarina ficou encantada com toda a alegria ao redor. Observava as moças, com seus vestidos vistosos, nas danças tradicionais. Ela gostava muito de dançar. Por esse motivo, pediu que Anna cuidasse de Karina por alguns momentos e procurou Igor, para dançarem também.

Assim, o feliz casal juntou-se aos demais para participar das danças ciganas da Rússia, que eles tanto apreciavam. Igor e Catarina se amavam muito. Naquele instante, era como se revivessem momentos bons.

Enquanto a irmã e o cunhado dançavam, Anna caminhava pela relva com a pequena Karina em seus braços. Em dado momento escorregou, e por pouco não derrubou a sobrinha. Foi socorrida por um homem que a auxiliou a superar o grande susto. Como não o conhecia, agradeceu e se preparou para retornar ao local onde estavam todos.

Ele a acompanhou até o enorme banco de pedra onde havia se acomodado ao chegar ali. Então, aconteceu o inesperado: Igor e Catarina retornaram ao lugar naquele mesmo minuto. Anna se apressou em dizer que por pouco a pequena sobrinha não havia caído de seus braços. Não fosse a ajuda do senhor...

— Ah! Desculpe, mas não perguntei seu nome – completou.

Rapidamente, ele se apresentou:

— Dimitri, senhorita!

Igor teve vontade de pegar imediatamente sua filha, sua esposa e desaparecer dali, sem ao menos cumprimentar o desafeto.

Catarina, mais comedida, agradeceu polidamente pelo auxílio prestado e se apressou em pegar a filha no colo.

Anna, que não sabia das dificuldades de relacionamento entre aquele homem e sua família, o agradeceu mais uma vez, esperando que Igor e Catarina fizessem o mesmo, mas notou que algo estranho se passava entre eles.

A situação ficou tensa por alguns minutos, mas Catarina habilmente disse a Anna que precisaria se retirar para amamentar Karina em um lugar mais reservado e convidou a irmã a acompanhá-la.

— Anna, vamos àquele alpendre? Ali poderei amamentar Karina.

Sem titubear, Anna acompanhou Catarina. Havia percebido o ligeiro mal estar entre a família e seu novo amigo e adiantou-se em seguir a irmã para perguntar o motivo pelo qual não haviam sido simpáticos com Dimitri, mesmo sabendo que tivera atitude tão gentil com ela e com a pequena Karina.

Catarina relatou a Anna todos os últimos acontecimentos, que tanto haviam aborrecido Igor, enfatizando as atitudes hostis e desonestas que Dimitri demonstrara.

Anna procurou desculpar as ações de Dimitri e, embora gostasse muito da irmã, afirmou não acreditar que existisse tanta maldade nele, conforme Catarina e o cunhado acreditavam. Por essa razão, buscou falar de outros assuntos, de modo que a festa não perdesse seu brilho.

Ao retornar ao pátio das danças, cruzou seu olhar com o de Dimitri, que, sem perda de tempo, convidou-a para participar da dança da balalaica (instrumento musical de três cordas, muito apreciado pelo povo russo). Aquela era a ocasião mais esperada por todos, quando a alegria atingia seu ponto máximo.

Igor, ao perceber que a cunhada aceitara o convite do outro, comentou com a esposa a ousadia de Dimitri, demonstrando vontade de ir embora.

Catarina, com sua meiguice, argumentou que fazer isso seria uma imensa desfeita ao conde e à condessa, pois era hábito que os participantes da festa permanecessem até a saída do nobre casal, o que certamente não demoraria a acontecer.

Dimitri, após encerrada a dança, ainda convidou Anna a saborear uma delicada bebida, que ele mesmo providenciaria, e ela aceitou de bom grado.

Mikhail observara todas aquelas cenas e, sentindo a presença espiritual de Valentim, indagou ao orientador amigo o que significava aquele encontro, pois do ponto terreno traria consequências bastante desagradáveis a Igor. O bondoso instrutor endereçou a Mikhail algumas palavras de esclarecimento:

— *Meu amigo, as veredas do destino sempre estão dispostas de forma a possibilitar encontros ao longo da estrada. Começa agora a oportunidade de reajuste para os espíritos de Igor e Dimitri, e para isso é preciso que os envolvidos nas tramas do passado sejam atores desta história, cujo final dependerá apenas de cada um deles.*

Mikhail, que conhecia bem de perto a personalidade de Dimitri e de Igor, levou seu pensamento a Deus e pediu piedade àqueles dois turrões que dificilmente haveriam de se entender e se perdoar. Orou com fervor. No fundo de seu coração sentia um grande amor por aqueles dois homens ainda jovens, que se deixavam abater pelo ódio, um ódio cujas raízes estavam em um passado remoto e doloroso.

Anna juntou-se outra vez à família, e Catarina, ao olhar para Igor, suplicou de forma silenciosa que não houvesse nenhum comentário, a fim de que a festa não perdesse o significado para eles.

Dimitri e Anna ainda dançaram mais algumas vezes. Igor fez o possível para ignorá-los, enquanto Catarina procurou cercar o esposo de carinho e atenção.

Finalmente, o conde Nicolai e a condessa se retiraram da festa. Pela tradição, estariam liberados todos que desejassem se retirar também. Igor sentiu imenso alívio e se apressou a chamar Catarina e Anna para se dirigirem à carroça que os levaria de volta ao lar.

O regresso foi um tanto calado. Cada um estava entregue aos próprios pensamentos, os quais tinham colorações bem diferentes. A pequena Karina dormia no colo da mãe, que a admirava e agradecia a Deus por aquele tesouro recebido.

5

Igor evitou tocar no assunto "Dimitri". A cunhada poderia interpretar sua implicância de forma errada. Receava que pudesse cogitar ciúmes de sua parte e, sendo assim, pediu a Catarina que falasse com a irmã, solicitando a esta que não voltasse a falar com o homem a quem abominava.

Ao comentarem sobre a festa, os três buscaram fugir do assunto principal, para ninguém ficar constrangido. Porém Anna acabou revelando: Dimitri lhe pedira permissão para visitá-la futuramente.

Igor não conseguiu mais segurar seu descontentamento. Disse tudo o que estava engasgado. Suas palavras repetiram o relato da esposa, porém contou tudo de forma agressiva e, por fim, proibiu Anna de receber Dimitri em sua casa.

Naquele instante, vibrações bastante negativas saturavam o ambiente espiritual. Era o que faltava para Valeri, espírito vingativo que há tempos espreitava aquele grupo, atingir seu objetivo. Aquilo fora o suficiente. Agora, sentiam-se profundamente magoados uns com os outros. Anna se retirou, chorando, e Catarina, chorando também, foi cuidar da filha. Igor, sozinho, ficou ali, remoendo a raiva.

O fim de tarde fora deprimente.

Anna sentiu vontade de deixar a casa da irmã e retornar para junto de sua mãe, mas ao mesmo tempo havia uma atração muito forte por Dimitri, uma atração que não conseguia explicar. Era claro que não se tratava de um homem bonito, porém, mesmo assim, seu pensamento estava totalmente ocupado por ele.

Logo chegou a noite, e todos se começaram a se preparar para dormir, embora o ambiente ainda estivesse desagradável. Catarina, religiosa por natureza, orou a Deus pedindo a paz, enquanto Anna nutria a mágoa dentro de seu coração.

Mais uma vez, Igor viu a si mesmo deslocado do corpo físico, caminhando entre brumas e sentindo um ar extremamente pesado. Percebeu estar em um local onde os seres caminhavam com dificuldade, alguns rastejando, outros blasfemando. Sem exceção, demonstravam uma profunda revolta contra tudo e contra todos.

Veio à tona a imagem de luta corporal com o mesmo homem encontrado no lamaçal, noites atrás, quando acordara completamente apavorado. Mas desta vez não estavam no lamaçal. Estavam em uma região árida, e ambos sabiam haver entre eles algumas questões a resolver. Por esse motivo, se preparavam para um duelo. Venceria o melhor.

A cena se modificava. Agora, percebia-se em um local que não lhe era estranho. Ambos carregavam punhais, e haveria uma luta que certamente terminaria com a morte de um deles. No momento do confronto, novamente deu um grito assustador, pois, para seu espanto, reconheceu Dimitri na figura do desafeto presente em seu sonho.

No silêncio da noite, Catarina e Anna acordaram apavoradas, supondo que algum salteador houvesse invadido a moradia. Igor dera um salto da cama. Estava atordoado. Ao acordar, tinha o coração em total descompasso, e, naquele instante em que o espírito retornava ao domínio do corpo físico, não sabia onde se encontrava.

Mais uma vez, coube a Catarina socorrer o marido daquele pesadelo que já se tornava habitual. Procurou saber o que havia acontecido, que tipo de sonho teria causado tanta aflição a Igor. Começou a cogitar que o motivo dos pesadelos talvez fosse algum segredo escondido.

Após esse incidente, todos ficaram apreensivos e, em claro, viram a madrugada chegar. Cada um tinha as próprias dúvidas. Igor se esforçava para entender por que razão Dimitri estaria em seus sonhos, e na mesma postura de um verdadeiro inimigo.

Lembrou-se que, diante de qualquer perigo ou preocupação, Catarina sempre o aconselhava a fazer uma oração. Resolveu seguir aquele sábio conselho. Começou a fazer uma oração a Deus, pedindo que Ele o livrasse dos pesadelos. Pediu com fé, com sinceridade. Naquele momento, o Instrutor Valentim o abraçou comovido, pois notou que Igor, de alguma forma, havia se voltado ao Pai Criador, mesmo que de maneira ainda frágil.

Acabou adormecendo e, pela primeira vez, passou por uma experiência maravilhosa. Voltou a sentir-se em um local diferente. Mas agora, um belo local.

Reconheceu estar às margens do Rio Neva[1], que passava próximo da propriedade do conde Nicolai, onde vivera desde seu nascimento. As águas claras refletiam uma imagem bastante familiar. Começou a observar com cuidado e, aos poucos, pôde reconhecer a figura amada que estendia os braços em sua direção. Foi muito emocionante. Era a pessoa que mais o amara nesta vida. O sorriso meigo e o olhar acolhedor não deixavam dúvidas, estava diante de sua mãezinha.

Lágrimas de profunda emoção começam a rolar em seu rosto. Assim, deixou-se abraçar por aquela mulher que o havia amparado até desencarnar, sempre com imenso carinho e amor.

Abraçado à mãezinha querida, ouviu dela palavras de encorajamento para vencer a situação que lhe parecia insustentável.

— *Meu filho querido, agradeço a Jesus por me permitir trazer o amor maternal e poder lhe pedir que procure lutar, com todas as suas forças, para superar o antigo ódio que continua a tomar conta de sua alma. Não traz nada de bom, meu filho amado, dar guarida a sentimentos que causam revolta em nosso coração. Você, meu filho, e o irmão que hoje atende pelo nome de Dimitri, têm se enfrentado por várias vezes, desde a época em que disputaram o trono imperial russo, e nessa disputa têm se deixado vencer pelo ódio, apesar de terem se comprometido, em várias ocasiões, a se empenhar para deixar de lado esse sentimento inferior. Mais uma vez, a bondade divina os coloca próximos um do outro, oferecendo a oportunidade de buscarem a paz para seus corações. Não perca esta chance de vitória!*

---

1. O rio Neva (em russo: Нева́) é um rio do noroeste da Rússia, o terceiro maior rio europeu em termos de volume de água (os dois primeiros são o Volga e o Danúbio).

Igor percebeu que sua mãe se afastava e procurou segui-la, porém despertou imediatamente, emocionado. Fechou novamente os olhos, na esperança de continuar naquele sonho intrigante. Sentia que o encontro com a mãezinha querida fora real, verdadeiro.

Já amanhecia, e Igor se levantou para se preparar para a lida do dia. Como sempre fazia, foi à varanda, onde contemplava o céu. Apesar de não ser um homem religioso, tinha o hábito de reverenciar a natureza todas as manhãs. De certa forma, reverenciava a Deus.

Logo em seguida, Catarina também se levantou e preparou a refeição para que pudessem iniciar o dia e, conforme dizia, para que fosse um "bom dia". Anna se juntou a eles, já com o leite que complementaria aquela primeira refeição.

6

Igor foi até a casa grande, onde o senhor Wladimir o aguardava para as ordens do dia. Ao chegar, deparou com Dimitri, ali pelo mesmo motivo.

Wladimir foi logo dizendo a ambos que, agora que a colheita do trigo fora concluída, era momento de total dedicação à lavoura do milho. Seria necessário fazer uma completa verificação em todos os pés, a fim de se certificar que a praga fora dizimada.

— Igor, você e seus homens devem se juntar a Dimitri e os demais camponeses nesta tarefa.

Wladimir disse isso sem especificar qual seria a autoridade de cada um, omitindo propositalmente de quem partiriam as ordens, pois sabia da rixa entre aqueles dois homens. Porém, como julgava que ambos eram suficientemente adultos para resolver os próprios problemas, achou melhor deixar no ar a questão do comando.

Nem Igor nem Dimitri o questionaram sobre esse ponto. Cada um deles entendera que a autoridade estava em suas mãos.

Igor lembrou-se do encontro que tivera com sua mãezinha, que viera lhe trazer palavras de consolo e de orientação. Mas não se lembrava com clareza de todo o conteúdo da conversa, apenas sentia que era algo relacionado a Dimitri.

Wladimir deu a conversa por encerrada, ordenando que ambos arregimentassem os camponeses e seguissem para a lavoura do milho.

Assim, Igor seguiu até o local onde os seus homens o aguardavam, enquanto Dimitri foi direto para o campo do milho, já pensando em como seria o início do trabalho ao lado de Igor.

Dimitri informou aos seus homens que o grupo comandado por Igor chegaria em pouco tempo, para que pudessem vistoriar toda a plantação, certificando-se de que a praga da lagarta-da--espiga já não existia mais.

O grupo de trabalhadores comandado por Igor de fato chegou logo, posicionou-se à frente da plantação e aguardou ordens. Dimitri os recebeu com uma gentileza fingida, indicando onde deveriam iniciar o trabalho e dirigindo-se a Igor com falsa amizade:

— Igor, precisamos ver se os pés de milho já estão saudáveis, como o senhor Waldimir ordenou. Portanto, enquanto você e seus homens vasculham rua por rua de toda a plantação, eu e meus homens iremos verificar se os silos estão em ordem.

Ao ouvir aquela ordem descabida, Igor reagiu, mas procurou se controlar. Apenas disse:

— Dimitri, não é necessário que todos os homens da lavoura do milho se dirijam aos silos. O trabalho maior está em analisar cada pé de milho. Por isso, eles devem ficar aqui, e eu mesmo poderei ir aos silos com você.

Diante dessa colocação, Dimitri percebeu que não seria fácil manipular o outro, como era sua intenção. Sentiu que Igor não acataria suas ordens, e resolveu agir com cautela, respondendo:

— Se você está disposto a esse trabalho, podemos ir, mas saiba que toda a manutenção dos silos deverá ser feita para receber a colheita nos próximos dias.

— Dimitri, acho que não me expliquei bem! Como você mesmo disse, hoje a tarefa nos silos será apenas a verificação!

Mais uma vez, Dimitri recebeu as palavras de Igor como se fossem verdadeiras chicotadas.

O grupo de lavradores iniciou a tarefa, sob o vento forte daquela manhã muito fria, enquanto Dimitri e Igor seguiram a cavalo para a verificação do silos.

Lá chegando, encontraram quatro trabalhadores a realizar os reparos que deveriam ser providenciados. Igor, surpreso, foi logo dizendo:

— Acho que se você tivesse trazido todos os homens para a "verificação" dos silos, eles atrapalhariam os trabalhadores que já estão aqui fazendo esse serviço, não é, Dimitri?

Essas palavras bastaram para que o ódio faiscasse no olhar entre ambos. Dimitri nada respondeu e continuou a caminhar dentro do bloco. Igor, por sua vez, dirigiu-se ao segundo bloco, na esperança de encontrar muitos pontos a serem refeitos.

Confirmando suas suspeitas, verificou que nada precisaria ser feito naquele segundo bloco, e assim foi ao terceiro e ao quarto blocos. Logo compreendeu que Dimitri, ao propor que todos os seus homens o acompanhassem aos silos, pretendia deixá-lo apenas com seu grupo no campo de milho, para que houvesse atraso na análise da extinção da lagarta-da-espiga. Desse modo, senhor Wladimir seria informado da falha, e isso certamente aparentaria ser incapacidade na forma de trabalhar.

Igor retornou ao primeiro bloco, mas não encontrou Dimitri ali. Permaneceu no local por mais algum tempo, verificando que os homens encarregados dos reparos já tinham todo o roteiro do trabalho a ser realizado, e mais uma vez se convenceu do caráter perigoso do outro.

Ao voltar à plantação de milho, também não encontrou Dimitri.

As horas se passaram, e, ao chegar o horário da refeição, Igor foi tomado por uma sensação desagradável, e seu pensamento voou para sua moradia. Imediatamente preocupou-se, chegando a pensar que algo poderia ter acontecido a sua filha.

Diante desses pensamentos, resolveu passar em casa. Montou em seu cavalo e seguiu em disparada para se certificar que tudo estava bem.

Mas, para sua surpresa, na curva que antecedia sua residência, deparou com Dimitri e Anna, abraçados sob a copa de uma árvore. O susto foi tão grande que quase caiu de seu cavalo.

Ao avistar Igor, Dimitri não se intimidou. Anna, por sua vez, correu em disparada em direção à casa da irmã, pois saíra sem nada dizer a Catarina.

— O que significa isto? — indagou Igor.

— Significa que eu e Anna estamos apaixonados. Somos solteiros e donos de nosso nariz! Você é pai dela, por acaso? Vai nos proibir de nos vermos? Eu irei até os pais de Anna para pedi-la em casamento, e isso já está acertado com ela.

Igor sentiu que não seria mais possível tratar aquele homem com educação. Desceu do cavalo com o chicote na mão e se atirou sobre Dimitri. Todo o ódio represado naquelas almas veio à tona, e a cena que se desenrolou àquele instante foi horrível.

No local, atraídos pelos sentimentos nocivos de cada um, já havia irmãos desencarnados a vibrar com ódio, com desejo de vingança, incitando a luta corporal que se desenrolava. Igor e Dimitri eram fortes, e as marcas dos socos e pontapés começavam a ocasionar sangramento em ambos. O espírito Valeri gargalhava diante da luta daqueles dois homens que ele odiava há séculos.

Catarina, ao ser informada por Anna do encontro dos dois, nas circunstâncias descritas, logo deduziu o que poderia acontecer.

— Parem já com esta briga! Vocês são seres humanos! Estão se comportando como animais!

Dimitri se levantou e, dirigindo-se à Catarina, ainda se fez de vítima:

— Senhora, seu marido me agrediu simplesmente porque eu disse que amava Anna e que iria pedi-la em casamento! Eu simplesmente me defendi!

Catarina conhecia muito bem o caráter de Dimitri, mas achou mais conveniente não dar resposta, chamando Igor para entrar em casa e se refazer.

Dimitri montou em seu cavalo se preparou para retornar à lavoura do milho, mas antes foi até as margens do rio Neva para lavar-se e recompor-se.

Ao entrar em casa, Igor pediu a Catarina que chamasse a irmã para que pudessem conversar.

— Anna, você agiu muito mal. Com esse tipo de comportamento, desrespeitou minha casa. Jamais deveria ter se encontrado com Dimitri antes de comunicarmos a seu pai o interesse demonstrado por esse homem. Dessa forma, digo que amanhã mesmo pedirei permissão ao senhor Wladimir para acompanhá-la de volta a casa de meu sogro.

Anna caiu em choro convulsivo, pedindo desculpas, dizendo que não tinha a intenção de se encontrar com Dimitri.

— Ele disse que desejava apenas informar que pediria sua permissão para vir até aqui me visitar. Ele se mostrou tão gentil. Então, me convidou para acompanhá-lo até aquela árvore frondosa, exatamente no local onde você nos encontrou. Foi apenas isso que aconteceu, Igor!

— Suas explicações não mudam os fatos. A verdade é que você perdeu nossa confiança.

Igor não sentiu a menor disposição para almoçar. Esperou o final do dia e dirigiu-se à sede da administração, a fim de solicitar ao senhor Wladimir a permissão para acompanhar a cunhada, que deveria retornar à casa dos pais.

— Senhor Wladimir, preciso levar minha cunhada de volta pra casa. Como é de seu conhecimento, Anna veio ajudar a irmã em razão do nascimento de nossa filha. Sairemos logo ao amanhecer. E retornarei no mesmo dia, a fim de não prejudicar meu trabalho. Não seria aconselhável deixá-la conduzir sozinha a carroça, pois é arriscado a uma mulher, sem a companhia de um homem, se aventurar nestas estradas.

O senhor Wladimir não era dado a colaborar com seus subalternos, mas, diante do trabalho sempre eficiente de Igor, decidiu concordar com a solicitação.

De volta ao lar, Igor informou Catarina sobre sua decisão e sobre a permissão do senhor Wladimir.

— Mas, querido, assim tão de repente?

— Catarina, vamos evitar maiores problemas? Você não imagina quanta provocação Dimitri vai fazer até que um de nós dois seja expulso das terras do conde! Portanto, chame sua irmã, para acertarmos sua partida.

Igor se esforçou para soar o mais natural possível ao falar com Anna, pedindo que estivesse pronta assim que clareasse o dia, pois iria conduzi-la de volta à casa dos pais.

Anna mais uma vez debulhou-se em lágrimas, tentando evitar a partida.

Catarina procurou acalmar a irmã, agradecendo por toda ajuda oferecida durante o tempo em que ali estivera. Com toda paciência, relatou a Anna, agora em detalhes, todas as situações desagradáveis criadas por Dimitri para prejudicar Igor. Consequentemente, também sofrera com tudo aquilo.

— Mas, minha irmã — tentou argumentar — ele não poderia mudar seu modo de agir, agora que está apaixonado por mim e deseja fazer parte de nossa família? Vocês precisam lhe dar uma chance de mostrar seu esforço para se aproximar!

— Anna, o que você viu hoje entre Igor e Dimitri só vai piorar! Eu não quero uma vida de medo e incerteza para nossa família! Por esse motivo, peço que compreenda a situação e retorne à casa de nossos pais. Assim evitaremos maiores problemas.

— Está bem — sussurrou Anna. — Vou arrumar minha pequena bagagem. Ao amanhecer estarei pronta para partir.

As duas irmãs se abraçaram, mas existia um ressentimento mútuo em seus corações. Naquela noite, ninguém conseguiu dormir. Mesmo assim, o silêncio reinou.

Mal clareou o dia e todos se levantaram. Igor preparou a carroça, e Anna, chorosa, se despediu da sobrinha e da irmã.

— Anna, abrace nossos pais por mim. Diga a eles que irei visitá-los em breve, levando nossa Karina. Por favor, diga a nossa mãe que logo mais conhecerá a neta. Sei de suas dificuldades de locomoção. Irei até ela com grande alegria. Certamente a presença da neta lhe fará muito bem.

Igor despediu-se rapidamente de Catarina e pediu à esposa que ficasse muito atenta, pois temia que Dimitri tramasse alguma situação ardilosa quando soubesse da partida de Anna.

A viagem não deveria ser muito demorada, embora a distância entre as duas propriedades não fosse tão pequena. O silêncio se estabeleceu entre os cunhados, pois Igor não tinha nenhuma disposição para conversar, enquanto Anna aguardava a ocasião mais propícia para iniciar uma conversa.

Em determinado ponto da estrada, a carroça deu um grande solavanco, e Anna quase caiu, assustando-se bastante. Igor segurou com maior firmeza os cavalos e foi obrigado a parar a fim de verificar se tudo estava em ordem. Aquela era a oportunidade que Anna esperava para começar um diálogo.

— Igor, qual foi o verdadeiro motivo pelo qual você me separou de Dimitri? Será que não ficou com ciúmes quando nos viu abraçados?

Igor, surpreso, não queria acreditar em tamanho disparate. O que a cunhada pretendia com aquela pergunta descabida?

— Anna, você acha mesmo que eu teria ciúme de você? Por que razão? Você sabe muito bem que amo Catarina e não tenho olhos para mais ninguém. Não tente me provocar com um comentário infeliz como esse!

— Igor, desde o primeiro momento em que o vi, esperei que você se interessasse por mim. Para minha decepção, você escolheu Catarina! Por que agora quer me impedir de ser feliz com Dimitri? Por que está me afastando dele?

— Anna, você não entendeu nada até agora! Estou simplesmente lhe conduzindo de volta para sua casa. Se você e Dimitri quiserem se comprometer, façam isso, mas sob os olhos de seu pai. Não vou assumir responsabilidade alguma, mesmo porque não tenho esse direito. Se ele estiver mesmo interessado em você, sem dúvida saberá onde encontrá-la.

No restante do percurso, o silêncio voltou a imperar. Em três horas chegaram ao destino, para alívio de Igor. Seu sogro ficou surpreso ao vê-los chegando, assim tão cedo, e foi logo perguntando se havia ocorrido algo de grave lá nas terras do conde.

— Bom dia, senhor Ivan. Está tudo bem. Não se preocupe!

— Vamos nos sentar e saborear um pão quentinho e o leite que acabou de ser aquecido, enquanto você me fala de minha neta. Como está ela? E como está Catarina?

Após responder às perguntas de Ivan, Igor se levantou para cumprimentar a sogra, que acabara de ser conduzida à cozinha pela serviçal que a auxiliava a se locomover.

— Bom dia, senhora Waleska, como tem passado? E as dores, têm sido muito rigorosas?

— Bom dia, Igor. Ah, tenho sofrido bastante, mas também tenho aprendido que de nada adiantam as lamúrias, por isso procuro conviver com todas as dificuldades.

O ambiente estava todo preparado para a conversa que viria a seguir, e o bondoso Instrutor Valentim ali se encontrava, envolvendo aquela família que lhe era tão querida.

— Bem, meus caros sogros, eu não posso demorar. Ainda haverá o percurso de volta, e espero chegar o mais cedo possível ao meu lar. Além disso, caso eu demore, Catarina pode ficar preocupada. Gostaria de agradecer pela imensa colaboração que Anna ofereceu à irmã, à minha filha e a mim mesmo, durante esse período em que esteve conosco. Poderia permanecer o tempo que desejasse, mas...

— Mas... o que? – apressou-se em perguntar o senhor Ivan, daquela maneira um tanto brusca, comum quando não estava muito à vontade.

— Vou relatar aos senhores o acontecido. Tudo começou na festa da colheita, quando fomos buscar diversão junto das demais famílias de camponeses. Anna, infelizmente, conheceu a única pessoa nas terras do conde Nicolai com a qual não consigo ter um relacionamento pacífico. Não posso afirmar se ele se aproximou dela de propósito, ou se foi apenas obra do destino. Havia muita música, alegria, danças, como sempre. Para quem visse Anna e Dimitri dançando, tudo pareceria dentro do normal. Eu e Catarina também pudemos participar de várias danças. Dimitri havia conhecido Anna casualmente naquela manhã, porém agiu como se fossem velhos amigos, sem tomar a atitude normal a qualquer pessoa de bem, ou seja, dirigir-se a mim, solicitando permissão para conhecê-la melhor.

— Mas você nem lhe deu esta chance, Igor! — Anna exclamou, inconformada.

— Anna, ainda não é momento para você falar — interferiu seu pai, exasperado. — Não interrompa Igor!

— Na verdade, senhor Ivan, entre mim e Dimitri não existe nenhuma amizade. Ao contrário, somos inimigos há muito tempo.

Ao se aproximar de Anna, fingindo aguardar uma acolhida de minha parte, só o fez para impressioná-la e para me colocar em situação de constrangimento. Vou contar alguns fatos ocorridos lá nas terras do conde. Nosso administrador, o senhor Wladimir, é um homem rígido e exigente. Além disso, nos trata sempre de maneira ríspida. Por esse motivo, procuramos sempre mostrar que o trabalho se desenrola de modo pacífico.

Igor relatou o episódio da colheita do trigo, da manutenção dos silos e outras situações em que Dimitri procurou prejudicá-lo de alguma forma.

— Senhor Ivan, não sou nenhum santo. Se eu não tivesse Catarina e Karina para cuidar, certamente já teria tomado alguma atitude mais drástica para acabar com isso. Por elas, procuro me conter diante desses fatos.

Para não constranger a cunhada, omitiu a cena do encontro de Anna e Dimitri na estrada. Após relatar tudo o que julgava conveniente para esclarecer a situação, Igor finalizou dizendo:

— Bem, de agora em diante a responsabilidade é sua, senhor Ivan. Relatei o que tenho vivido diante da necessidade de conviver com esse homem de caráter duvidoso, que procura dissimular suas intenções de acordo com a conveniência. Sua filha aqui está, sob o teto paterno, e de minha parte dou por finalizada essa questão.

— Meu pai, posso falar agora? — pergunta Anna, já aflita.

— Agora, a conversa será entre nós. Vamos nos despedir de Igor, para que não se atrase.

— Meu filho, Deus te acompanhe. E obrigado por tudo.

Respeitosamente, Igor despediu-se da senhora Waleska, do senhor Igor e, por último, de Anna.

— Ah, ia me esquecendo: Catarina enviou um abraço especial a vocês. Promete que muito em breve aqui estará com nossa filha, para que vocês a conheçam.

Verificando que tudo estava em ordem com os cavalos e com a carroça, Igor iniciou o trajeto em direção à sua casa. Estava pensativo, porém confiante.

8

Um tanto exausto pela viagem, Igor apresentou-se ao senhor Wladimir e ainda se propôs a auxiliar até o fim do dia na manutenção dos silos, pois no dia seguinte teria início a colheita do milho.

Ao chegar em casa, depois da jornada de trabalho, notou que Catarina estava aborrecida. Aliou esse fato à ausência da cunhada. Afinal, Anna permanecera ali durante quatro meses, e a esposa já havia se acostumado com sua presença.

— Catarina, você está bem? O dia transcorreu dentro da normalidade?

— Sim.

Igor tinha certa sensibilidade. Notou que a esposa escondia algo, mas não quis insistir, para não gerar uma situação desagradável.

Catarina queria saber como estavam seus pais. Fez várias perguntas, inclusive como seu pai havia recebido as informações a respeito de Dimitri e do retorno de Anna.

Pacientemente, Igor relatou todos os fatos. Sem perceber, comentou as palavras de Anna no momento do solavanco da carroça.

— Catarina, estou contando a você os mínimos detalhes, pois entendo que entre nós nada deve ficar escondido, não é mesmo?

Igor fez esse comentário com um ar de preocupação e tristeza, para que a esposa lhe contasse o porquê estava diferente.

Mas Catarina calou-se. Disse apenas que deveria amamentar a pequena Karina, e ele deveria se recolher para recuperar-se do cansaço daquele dia.

Naquela noite, quem teve sonhos assustadores foi Catarina. Viu-se às margens do Rio Neva, correndo para fugir de alguém, e segurava fortemente uma criança nos braços. Olhava para trás e via o perseguidor correr também, procurando alcançá-la. Ao longe havia uma embarcação. Sabia que encontraria Igor ali, mas não podia vê-lo àquela distância.

Acordou assustada. Viu que Igor e Karina dormiam tranquilamente, então procurou buscar socorro na oração.

Para que pudesse conversar com aquela filha querida, que em outras vivências lhe dera tantas alegrias, o Instrutor Valentim a envolveu em fluidos calmantes e fez com que adormecesse novamente.

Logo que adormeceu, Catarina pôde abraçar o bondoso Valentim e sentir que toda aquela luz que ele irradiava a energizava de forma maravilhosa.

— *Filha querida! Que a paz de Jesus nos fortaleça diante dos embates que a vida nos reserva! Você se preparou bastante para enfrentar as provas que terão início em breve. Não esmoreça, lute ao lado de Igor e Karina para que este grupo que agora se encontra outra vez possa se reajustar, superando as dívidas do passado. O irmão Dimitri retornou em condições ainda bastante primitivas, mas no fundo é uma alma carente de amor! Não se abata, querida, diante dos percalços que chegarão, pois estaremos ao lado de vocês em todos os momentos, tenha certeza!*

Com os primeiros raios de luz, Catarina despertou. Sentia-se aliviada, pois, na noite anterior, estivera com o coração oprimido pelas ameaças sofridas durante o dia. Ainda não sabia se deveria contar a Igor ou não.

Fez suas orações matinais e preparou a refeição do marido, que já se preparava para mais um dia de trabalho.

Ao notar que a esposa estava com o semblante mais sereno, Igor deduziu que o motivo do aborrecimento realmente havia sido a separação da irmã.

Assim, começou seu dia, mais tranquilo. Como acontecia rotineiramente, foi até a sede da administração, a fim de ouvir as recomendações do senhor Wladimir.

— Quero lembrar a vocês, Igor e Dimitri que amanhã iniciaremos a colheita do milho, e vocês deverão tomar todo cuidado na seleção das melhores espigas, pois ao final da colheita o conde Nicolai deverá vir pessoalmente para saber do montante colhido e da aparência das espigas. A amostragem deverá estar perfeita, pois ele já tem os compradores interessados, e espera poder oferecer o melhor.

— Senhor Wladimir, os silos estão recuperados, à espera das espigas — o esperto Dimitri apressou-se em afirmar.

Igor nada comentou, apenas agradeceu e se retirou rumo à lavoura.

Wladimir conhecia bem cada colaborador. Por esse motivo, deixou rapidamente o local, antes que Dimitri fizesse algum comentário para atacar a imagem de Igor.

Há algum tempo preocupava-se com as palavras de Dimitri, porém sabia que o conde nutria enorme amizade e consideração pelo pai dele. Segundo soubera, este havia impedido uma grande tragédia, muitos anos atrás, salvando a condessa. Como seu pai recebera a gratidão de Nicolai, Dimitri não se preocupava com a impressão que causava aos outros, porque ninguém iria até o conde, sempre distante dali, para comentar sobre um simples colaborador.

Aquele dia correu sem maiores percalços. Todos estavam cuidando dos detalhes para o início da colheita que aconteceria no dia seguinte.

Em casa, Igor descansou das tarefas e conversou um pouco com Catarina. Procurou não tocar no nome de Dimitri. Depois de algum tempo, prepararam-se para dormir.

Conforme haviam se habituado, Igor e Catarina fizeram suas orações a Deus, pedindo proteção para eles, para a filha e para o lar. Pediram primeiro pelo sono de todos, em especial de Karina, que em algumas noites acordava um tanto assustada.

Valentim trazia seu amor e carinho àquela família, e os aguardava para uma conversa fraterna, tão logo se desdobrassem através do sono.

— *Meus queridos! Ao vê-los em oração, meu coração se sensibiliza. Hoje podemos dizer que vocês conseguiram buscar amparo na fé em Deus. Muitas oportunidades perdidas, muitos momentos desperdiçados, quando negligenciaram na prática do bem e do amor! O orai e vigiai deve estar bem firme em suas almas, pois os sentimentos precisam se refinar a cada dia. Os encontros que vocês programaram na Terra estão se apresentando no momento certo, e será necessário coragem e fé para renunciar ao que for preciso e acatar o que for necessário para o crescimento espiritual que os aguarda.*

Ao raiar do dia, quando ambos despertaram, sentiam uma paz e uma tranquilidade que há tempos não tinham.

Igor agradeceu a Deus pela família e pelo dia de trabalho e, após acomodar na montaria o seu almoço, sempre era preparado com muito carinho pela esposa, dirigiu-se ao campo do milho.

Aos poucos, todo o grupo de trabalho estava reunido para iniciar a colheita. Dimitri, tentando se aproximar de maneira cordial, cumprimentou Igor e sugeriu que os grupos se mesclassem nas ruas da lavoura, para haver maior entrosamento entre todos.

Igor se surpreendeu um pouco com aquela sugestão, porém, como estava em paz, acatou de imediato.

No intervalo para a refeição, os lavradores se juntavam em pequenos grupos. Normalmente, Igor se aproximava de Mikhail para conversar, pois a afinidade entre eles era bem antiga, e ambos tinham enorme respeito um pelo outro.

— Igor, como está Catarina? – o generoso Mikhail iniciou a conversa. — Tenho sentido em minhas orações que ela anda um pouco preocupada!

— Você tem razão, meu amigo. Desde que acompanhei Anna de volta à família, sinto Catarina um pouco diferente. Associei sua tristeza à ausência da irmã. Você acha que ela pode estar doente?

Igor ficou pensativo e começou a imaginar mil hipóteses. Estaria Catarina sentindo alguma coisa e não queria preocupá-lo? Ou seria alguma preocupação com a pequena Karina. Afinal, a criança estava crescendo e exigia mais atenção e cuidados.

– Igor, meu amigo – Mikhail retomou o assunto –, como você sabe, tenho um amigo espiritual que sempre me inspira a levar palavras de consolo aos que necessitam, e há algum tempo ele me disse que seria preciso que minha amizade sempre estivesse presente em sua vida e na de Catarina, pois vocês enfrentariam algumas provações.

Igor espantou-se. Sentira algumas coisas semelhantes, principalmente durante o sono, em especial quando se via em tormentos, os quais o faziam despertar em sobressalto, e agora o amigo lhe dizia aquelas palavras! Era preciso procurar conhecer a razão de tudo aquilo.

– Mikhail, vou contar alguns sonhos que tive, dos quais despertei em completo sofrimento. Quando isso aconteceu, eu pude contar com a atenção e os cuidados de Catarina, que me acalmou.

Igor relatou ao amigo como haviam sido aqueles pesadelos, dos quais não gostava nem de se lembrar. Procurou se recordar de cada detalhe. Parecia reviver tudo aquilo. Contou que em algumas ocasiões reconhecera Dimitri nos personagens com os quais confrontava. Embora estivesse com outra aparência, era muito claro que se tratava da mesma pessoa que hoje atravessava seu caminho, sempre de forma desastrosa.

– Meu bom amigo Igor, é exatamente isso que acontece. Você e Dimitri estão convivendo mais uma vez, como todos nós, com o objetivo de se rejustarem, em razão de um passado de delitos. Eu não tenho nenhuma dúvida: vivemos várias existências aqui na Terra, sempre junto daqueles que fazem parte de nosso círculo de aprendizado. Quem os conhece bem tem certeza que entre vocês existe uma força impulsionando ambos à agressividade constante.

Encerrado o período breve em que os lavradores podiam parar para se alimentar, cada qual buscou seus afazeres. Na mente de Igor, porém, as palavras de Mikhail formavam um verdadeiro turbilhão de pensamentos. Ele estava ansioso para conversar com Catarina a esse respeito.

9

No fim do dia, Igor voltou pra casa decidido a falar com Catarina sobre o assunto conversado com Mikhail durante o almoço. Ela sem dúvida diria a ele o que estava acontecendo.

— Minha querida Catarina, há dias percebo que você está com um semblante triste e preocupado, exatamente desde o dia em que sua irmã Anna foi embora. No início, julguei ser esse o motivo, mas agora estou certo de que não é. Você está doente? Algo com nossa filha? Hoje fiquei surpreso, porque meu amigo Mikhail, pessoa em que confio muito, também mostrou preocupação com você. Um amigo espiritual o aconselhou a ficar próximo de nós, pois iríamos precisar muito de sua amizade. O que você me diz?

Catarina ficou imensamente surpresa. Como alguém poderia falar aquilo sem saber de nada? Como alguém poderia sentir que ela estava com medo? Seria uma brincadeira de Igor? O que fazer diante daquela pergunta?

Procurando manter a calma, disse ao marido:

— Querido, agradeça a seu amigo pela preocupação, mas não há nada de especial acontecendo. Nossa pequena Karina agora precisa mais de minha atenção, e eu acabo me cansando. Talvez seja isso. Como você sabe, não sou uma pessoa com uma saúde tão perfeita.

Rindo, procurou mudar de assunto, convidando Igor a se preparar para o jantar.

Passados alguns dias, o semblante de Catarina voltou a irradiar alegria e paz. Começava a pensar que tudo o que Dimitri havia lhe dito não passava de blefe. Recordou-se da manhã em que Igor conduzira Anna de volta à casa dos pais, e Dimitri batera à sua porta. Quando atendeu, assustou-se. Ele, com todo sarcasmo, afirmou:

— Querida cunhada, prepare-se para me receber em sua casa muito em breve. Você e seu marido terão que conviver comigo, queiram ou não, pois pretendo me casar com Anna e viver aqui bem pertinho, para sermos uma família perfeita! É bom que se acostumem.

Dito isso, deu uma gargalhada rouca e assustadora, fazendo com ela se arrepiasse toda.

Catarina, no intuito de poupar Igor, decidira não contar esse acontecimento, e agora tinha a impressão de que fora apenas mais uma provocação. Talvez a intenção de Dimitri fosse exatamente que Igor o procurasse para tirar satisfações a respeito.

Dois dias depois, um pouco antes da hora do almoço, Catarina teve uma surpresa. Viu se aproximar uma carroça e, dentro dela, para sua alegria, reconheceu Anna e seu pai. Seu coração, aos saltos, era pequeno para tanta alegria!

— Meu pai, minha irmã, que felicidade! Como está mamãe? Demorei tanto para ir visitá-los que acabaram vindo para cá, não é mesmo?

Ivan ajudou Anna a descer da carroça. Em seguida, abraçou Catarina, com todo amor de pai e com muita saudades da filha tão querida.

A pequena Karina, que já engatinhava, apareceu na entrada, fazendo que o avô corresse para pegá-la no colo.

— Que emoção, Catarina, poder segurar minha neta — dizia Ivan, com os olhos marejados d'água. — Eu até sonhava com ela, imaginando como seria seu rostinho. Vejo que ela é bem parecida com as imagens que formei no meu pensamento.

Aquela tarde passou depressa. Ivan e Anna colocaram Catarina a par do dia a dia na família, relatando sobretudo a complicação no estado de saúde de Waleska. Estava sob os cuidados de uma bondosa amiga, que morava bem próximo deles e se prontificara a cuidar dela para que Ivan e Anna pudessem se dirigir ao local onde residia Catarina.

— Filha, estamos aqui para conversar com você e com Igor a respeito do futuro de Anna. Você sabe do interesse de Dimitri por sua irmã, e ela também está decidida a se casar com ele. Recebemos sua visita há poucos dias, para oficializar o pedido de casamento, e eu me comprometi com ele a vir até aqui, no dia de hoje, para tentarmos sanar as dificuldades com Igor. Dimitri pediu minha ajuda. Por esse motivo estou aqui, para auxiliar nesse relacionamento, pois estaremos todos na mesma família, e a convivência deve ser a melhor possível, você não acha?

Catarina não conseguia dizer uma palavra. Seu pensamento fez recordar-se do que Dimitri havia dito, que ela concluíra não ter um objetivo real. Demorou um pouco a organizar suas ideias. Em seguida, procurando ter calma, acabou falando em tom baixo.

— Meu pai, o que posso dizer? Anna é adulta e teve oportunidade de conhecer Dimitri na festa da colheita. E soube que ele e Igor não se entendem, realmente. Confesso que me preocupa bastante sua vinda para tentar fazer que Igor aceite Dimitri como concunhado. Só posso pedir a Deus que tudo de ajeite para garantir a felicidade de Anna.

Ao cair do sol, Igor retornou para casa e se surpreendeu muito ao ver o sogro e a cunhada. Cumprimentou os dois cordialmente.

Em poucas palavras, Ivan colocou Igor a par do assunto que o trouxera até ali. Percebeu que o genro empalidecia e se tornava trêmulo a cada palavra proferida. Preocupado, ficou em dúvida se deveria continuar o assunto, e interrompeu a conversa.

— Pode continuar, senhor Ivan, estou ouvindo!

— Meu filho, gostaria muito que você me ouvisse com calma e procurasse se controlar, pois o que mais quero nesta vida é que minhas duas filhas sejam felizes com aqueles que amam. Você é um genro excelente, e eu o admiro muito, e por esse motivo estou aqui. Eu poderia simplesmente concordar com esse casamento e deixar que vocês se entendessem depois, mas você é uma pessoa muito especial para mim, e eu gostaria muito de pedir que abrisse as portas de sua casa para Dimitri, porque, conforme combinei com ele quando esteve em minha casa, deverá nos procurar logo ao cair da noite, para saber o que decidimos.

Igor respirou fundo. Sentiu que não estava sozinho. Sentiu a presença de sua mãe a seu lado, acariciando seu rosto, pedindo que se lembrasse do quanto ensinara sobre a busca da paz e do bom entendimento com todas as pessoas. Começou a se sentir mais leve e, orientado pela mãezinha, disse ao sogro que ficasse tranquilo, pois abriria as portas de sua casa para Dimitri.

Anna e Catarina, que estavam na cozinha, porém com os ouvidos pregados na conversa, respiraram aliviadas, e juntas agradeceram a Deus por aquele momento de luz.

Pontualmente às sete horas da noite, as batidas na porta anunciaram a chegada de Dimitri.

Igor rapidamente abriu a porta e, pela primeira vez, estendeu a mão àquele que sentia ser seu inimigo milenar. Convidou Dimitri a entrar. Ivan também se aproximou, cumprimentando-o.

Igor convidou os dois homens a sentar e, permanecendo em pé, perguntou se desejavam que ele se retirasse, para conversarem mais à vontade. Ambos responderam ao mesmo tempo:

— Igor, fique, queremos que você participe da conversa.

Embora a contragosto, sentou-se também, e os três ficaram frente a frente.

— Senhor Ivan, como eu lhe disse em sua casa, quero me casar com Anna o mais rápido possível, e já obtive a autorização do conde Nicolai para ampliar a pequena casa onde resido. Isso será feito rapidamente, e creio que poderemos marcar a data em breve. Talvez em dois meses, o que acha?

— Dimitri, precisamos ouvir Anna — respondeu Ivan, na esperança que ela pedisse mais tempo.

Então chamou a filha mais velha, que, por sua vez, trouxe Catarina para participar da conversa.

Ao olhar para Dimitri, Catarina sentiu calafrios, pois se lembrou da ameaça que ele havia feito. Mas procurou disfarçar o mal-estar, cumprimentando-o de longe e se colocando ao lado de Igor.

— Anna — Ivan disse — em nossa conversa, Dimitri reafirmou o pedido de casamento e se propôs a ampliar sua moradia, trabalho que seria concluído em dois meses. A data do casamento de vocês seria marcada logo em seguida. Você concorda?

— Sim, meu pai — Anna falou rapidamente.

A sala ficou envolta em uma atmosfera onde os mais variados sentimentos se misturavam. O sentimento puro do amor era o único que faltava ali. No íntimo de cada um, mostrava-se o real objetivo daquela união. Anna queria deixar a casa dos pais, ter a própria casa, como a irmã. Dimitri queria desafiar Igor, pois, mesmo sem saber por que, tinha uma ligação muito forte com ele.

Em seus pensamentos, Igor e Catarina anteviam grandes dificuldades. Como eram sensitivos, estava claro para eles que aquele casamento era um arranjo para que cada um atingisse seus anseios, muito distantes do amor verdadeiro.

Quando Anna disse sim, Dimitri, num impulso, levantou-se, mas no mesmo minuto se conteve, pois o olhar de Ivan o envolveu como uma barreira. Por alguns instantes, imperou o silêncio, até que Ivan o interrompeu dizendo:

— Se é assim, só me resta abençoar esta união. Espero que lhes traga felicidade e seja o início de um novo tempo, de paz e harmonia entre todos.

Igor sentiu que aquelas palavras o envolviam diretamente, mas permaneceu em silêncio. Catarina cumprimentou a irmã e a convidou para se dirigirem à cozinha, de onde tra-riam a bebida para servir aos homens, pois aquela era uma noite fria, e aquele momento representava um novo caminho para todos eles.

Assim, ficou selado o compromisso entre Anna e Dimitri, com a aprovação de Ivan e apoiado pelo propósito de Igor e Catarina de formar uma família unida.

10

Depois de pouco mais de conversa, Dimitri despediu-se, com um sorriso enigmático nos lábios. Agradeceu a hospitalidade de Igor e cumprimentou efusivamente Ivan, Catarina e Anna.

Catarina procurou manter a serenidade e se apressou em providenciar as acomodações para o pai e a irmã, que passariam aquela noite em sua casa. Deveriam retornar logo de manhãzinha, a fim de levar as notícias para Waleska, que certamente estaria esperando por eles ansiosamente.

Ao se recolher, Igor e Catarina puderam demonstrar toda a insatisfação com o pedido de casamento de Dimitri. Relembraram as situações de constrangimento e mesmo de discussão vividas entre eles e puderam extravasar a preocupação que sentiam diante dos próximos acontecimentos.

Ao buscar Deus nas orações que faziam antes de dormir, ambos colocaram toda sua fé e esperança nas mãos do Criador, pedindo sinceramente que Sua proteção não lhes faltasse em nenhum momento de suas vidas.

Igor adormeceu rapidamente. Durante o sono, em espírito, sua mãe o convidou a segui-la até as margens do rio Neva. Ambos sentaram-se nas pedras que formavam um remanso e, sob a luz do luar e o brilho das estrelas, contemplaram o firmamento.

Logo em seguida, veio Catarina, trazida pelas mãos do Instrutor Valentim, e todos agradeceram a Deus pelo encontro abençoado que os colocava mais uma vez diante de fatos da maior importância, protagonizados por eles em algum lugar do passado.

— *Meus queridos* — iniciou a conversa o bondoso Valentim. — *Como conversamos recentemente, hoje começa uma fase de muito aprendizado para todos vocês, nesta existência de reajustes severos que Deus lhes confiou, pois o tão esperado confronto de almas para o qual vocês se prepararam por décadas está se desenhando em seus caminhos. Vou relatar apenas alguns episódios que deram origem a essa repulsa que existe entre vocês e Dimitri.*

Há cerca de 300 anos, vocês viviam em uma comunidade bem pobre, aqui mesmo, na Rússia, e Dimitri fazia parte do pequeno exército que defendia os interesses do nobre proprietário das terras onde vocês residiam. Todos eram muito pobres. Consequentemente, eram explorados pelo dono de toda aquela imensa propriedade.

Você, Igor, cuidava dos animais, e Catarina auxiliava nos trabalhos da casa, dedicando-se mais às tarefas da cozinha. Também eram casados naquela ocasião, e tinham uma filha que sofria de uma estranha doença, que não lhe permitia andar, como as outras crianças.

Não se podia dizer que eram escravos, porém eram tratados como tal. Os filhos dos criados nada representavam para os nobres. Eram considerados seres de categoria mais baixa. Vocês sofriam bastante com isso, principalmente porque o homem que hoje é Dimitri os ridicularizava por isso, o que lhes causava ódio.

Ao contrário de vocês, ele desfrutava de alguns privilégios. Além disso, cobrava de forma desumana e cruel o trabalho de todos que estavam sob suas ordens. Tinha uma família que tratava com imensa frieza, porém procurava se mostrar diferente ao seus superiores. Sua esposa era dócil e submissa e, ao contrário do marido, procurava o convívio com as outras pessoas da comunidade. Tinham apenas um filho, que era saudável. Adolescente, acompanhava o pai em algumas tarefas, o que o fazia assimilar o comportamento paterno.

Certa vez, você, Igor, se atrasou para iniciar suas atividades, e o atual Dimitri foi até sua moradia, abriu a porta com um enorme empurrão, sem o menor escrúpulo, entrando em sua casa de forma invasiva e desrespeitosa. Você estava com sua filha nos braços, e a criança, em convulsões, ardia de febre. Você estava muito assustado, pois a menina virava os olhos e se agitava, tremendo e se debatendo muito.

Sem a menor consideração, ele lhe disse que deveria deixar a aleijada aos cuidados da mãe para acompanhá-lo ao campo, onde era o seu lugar. Você sentiu o ódio queimar-lhe o peito. Quando se preparava para responder, sua esposa, que hoje é Catarina, retirou a filha de seus braços e lhe disse para segui-lo, pois ela cuidaria da menina.

Naquele momento, todo seu orgulho o sufocava diante da impossibilidade de tomar qualquer atitude, e você o seguiu em silêncio, ruminando seus pensamentos, procurando encontrar uma explicação do porquê os poderosos dispunham dessa forma da vida dos mais simples.

Enquanto isso, sua filha piorava. Duas bondosas vizinhas perceberam algo de errado em sua casa e fora para lá, auxiliar sua *esposa naquela hora de dor. O coração da menina começou falhar, a respiração ficou ofegante, em seguida espaçada, até que ela desfaleceu, provocando o desespero das pessoas presentes ali. Nada mais poderia ser feito. As mãos da pequena começaram a ficar frias e azuladas, e todos compreendem que estava morta.*

A tristeza ficou estampada na face daquelas mulheres. Então, você foi procurado por uma daquelas senhoras que haviam presenciado os fatos. Queria levar a triste notícia. Você sentiu uma dor imensa invadir seu coração. Avistou ao longe aquele que hoje é Dimitri e, diante da lembrança das palavras que ele dissera, da imposição de deixar sua filha no estado em que se encontrava, voltou para ele toda sua raiva.

Sem titubear, armou-se com uma foice e dirigiu-se ao local onde estava aquele que julgava ter lhe tirado a oportunidade de estar com a filha em seus momentos finais. No entanto, quis o destino que você fosse visto por ele antes de estar na distância propícia para o golpe, e assim a situação se inverteu. Ele rapidamente atirou o laço que costumava trazer nas mãos e, enlaçando suas pernas, fez você cair sobre a própria foice. Em seguida, golpeou-o fortemente na cabeça, sem dar-lhe nenhuma chance de defesa.

Dessa forma, foram duas mortes naquele mesmo dia. A tristeza se abateu sobre muitos corações. Porém, como era comum, a dor dos servos não alcançava o coração daqueles que detinham o poder, nem daqueles que serviam na condição de auxiliares mais diretos do proprietário.

Ao despertar no plano espiritual, você jurou vingança. Por mais que seus amigos espirituais tentassem dissuadi-lo daquele propósito, você insistia que a justiça deveria ser feita por suas próprias

QUANDO O AMOR VENCE O ÓDIO

mãos. Assim, passou a obsidiar aquele que julgava ser o causador de todo seu sofrimento. E não se contentou em atormentar apenas o pai, mas passou a influenciar também o filho. Todo seu ódio se voltou contra aquela família.

Igor, você encontrou campo propício para suas ações de vingança. Em virtude da falta de amor, aquele homem desumano angariava vários inimigos encarnados. Desse modo teve início sua vingança. Primeiro, influenciou Aleksander, filho do atual Dimitri, fazendo-o ver fantasmas assustadores, e o rapaz começou a ter crises de alucinação. Como acontecia a qualquer pai, o temor começa a tomar conta do seu inimigo. Pensava ele que o filho estava enlouquecendo. Afinal, os olhos do rapaz estavam esgazeados, e ele jogava-se ao chão, se contorcendo e gritando.

Durante certo tempo, você permaneceu naquela casa, obsediando aquele rapaz comprometido com a justiça divina, que trazia débitos com relação à Lei de Causa e Efeito. Mas não competia a você explorar aquela situação.

Sua atuação foi tão intensa que o pobre rapaz já não tinha nenhum domínio sobre os próprios pensamentos. Você, então, começou a induzi-lo a aceitar a ideia de se lançar nas águas do rio Neva. Ele, que já havia praticado o suicídio anteriormente, acolheu aquelas sugestões, até que, em determinado dia, acabou se lançando às águas do rio, onde encontrou a morte.

O desespero transformou aquela família em um grupo de pessoas desajustadas. A bondosa mãe adoeceu e, em um curto espaço de tempo, desencarnou. O pai cruel perdeu a vontade de viver. Tornou-se um farrapo humano.

Igor, sabemos que você só alcançou seu objetivo porque os envolvidos também tinham em sua conduta atitudes que os sintonizavam *aos seus pensamentos de ódio, aliadas às dívidas adquiridas em outras encarnações.*

As Leis do Pai Criador são justas e sábias, e cabe a nós, Seus filhos, nos ajustarmos às suas diretrizes de justiça e de igualdade.

Meus filhos, retornaremos a este assunto em outra oportunidade, dando sequência ao relato dos acontecimentos que há séculos unem vocês.

11

Ao despertar, Igor sentiu um leve mal estar. Comentou a sensação com Catarina e percebeu que ela estava pensativa. Ao ouvi-la falar do sonho que tivera naquela noite, lembrou-se de ter experimentado a mesma visão descrita pela esposa.

— Catarina, estou me recordando que estive com você e com a minha mãe às margens do rio Neva. E havia ainda um senhor de cabelos brancos, que nos convidou a ouvi-lo. Não consigo me lembrar exatamente do que nos disse, mas tenho a mais nítida sensação que falava de Dimitri e também de nós dois, relatando fatos importantes. Sinto apenas que preciso lutar muito para aceitar Dimitri ao nosso lado, embora isso me pareça doloroso demais. Alguma coisa me diz que entre nós existe muito ódio, e esse ódio é antigo.

— Eu também sinto que existe algo muito marcante entre todos nós — Catarina comentou com serenidade. — Agora que você tocou neste assunto, tenho a sensação de ter ouvido algo a respeito de termos convivido com ele, em algum lugar do passado.

Enquanto falavam do sonho, Valentim os envolvia com seu amor, provocando em seus corações um sentimento novo, impelindo-os a lutar contra aquela aversão por Dimitri.

Igor seguiu até o trabalho, pedindo a Deus para não encontrar com Dimitri pelo caminho, pois naquela manhã haveria tarefas em uma área próxima da casa da administração. Foi à casa central, onde receberia de Wladimir as ordens do dia.

Porém, os destinos daqueles dois homens estavam entrelaçados. Para espanto de Igor, ao chegar ao local onde se encontraria com Wladimir, deparou com Dimitri.

— Bom dia, Igor, estávamos justamente esperando por você. Dimitri veio me pedir permissão para que você o ajude na ampliação de sua moradia. Assim poderá casar-se com sua cunhada, agora que as colheitas terminaram e os camponeses vão cuidar da preparação do terreno para novo plantio. Como sabemos, você entende desse assunto. Como os dois serão parentes, acredito que o pedido é justo. Você concorda?

Igor, pensativo, sentiu sua mãe por perto a dizer:

— *Filho, eis aí a oportunidade de iniciar a reconciliação! Não perca esta chance.*

Influenciado pelo conselho materno, mas lutando contra os próprios sentimentos, Igor pediu a Deus misericórdia e força para conseguir aceitar aquele pedido.

Alguns segundos se passaram, e, armando-se de coragem, respondeu ao senhor Wladimir que, se era necessário o seu trabalho, assim o faria.

Dimitri dissimulou os próprios sentimentos e agradeceu ao senhor Wladimir e a Igor, estendendo-lhe a mão e o convidando a iniciarem o trabalho naquele mesmo instante.

Silenciosamente, ambos seguiram até o lugar onde Dimitri pretendia ampliar sua moradia em dois cômodos. Sem cerimônia, comentou com Igor quais eram seus planos.

De repente, Igor teve um vislumbre de seu sonho, quando soube que, em encarnação anterior, havia causado grandes problemas ao filho de Dimitri. Sentiu que ali teria início um longo percurso rumo a resgates necessários.

Educadamente, pediu a Dimitri que o informasse as medidas desejadas para os novos cômodos da casa e comentou que seria necessário chamarem pelo menos mais dois homens para auxiliar nos serviços do alicerce, a fim de agilizar o trabalho.

Dimitri concordou com a ideia e foi em busca dessas pessoas.

Assim a tarefa começou. Ao final daquele dia, Igor tinha uma sensação diferente, que não sabia explicar ao certo. Estava ansioso para retornar ao lar e dividir com Catarina os últimos acontecimentos.

— Catarina, você não pode imaginar de onde venho!

— Da lavoura, certamente — respondeu Catarina.

— Não minha querida, sente-se para ouvir: estou vindo da casa de Dimitri!

— Como isso é possível? Você pode me explicar? — Catarina falou, surpresa.

Igor contou como havia sido o seu dia, desde o início, e a esposa, cada vez mais intrigada, não conseguia entender por que motivos ele havia aceitado tal missão. Sim, porque seria uma difícil missão, que teria tudo para dar errado.

— Catarina, lembrei-me do sonho em que o bondoso senhor mostrou cenas nas quais eu prejudicava bastante não só a

Dimitri, mas também a sua família. Entendi que a lembrança era um alerta.

— Mas eu também me lembro de alguns fatos desse nosso encontro, e parece que foi Dimitri que desencadeou todo o ódio que você guardou em seu coração — acrescentou Catarina.

Ambos conversaram sobre aquele encontro que Deus certamente havia programado e concluíram que o melhor mesmo seria Igor dedicar-se ao trabalho. Assim poderia resgatar qualquer débito que tivesse com Dimitri.

Com a chegada dos dois trabalhadores, a situação tornou-se mais amena, pois tanto Igor como Dimitri precisavam tomar cuidado para não se desentender perante os companheiros. Sem ter plena consciência, ambos ainda estavam expostos a conflitos, os quais eram contornados pela interferência sempre pacífica e benéfica de Valentim. Aqueles dois inimigos do passado tinham uma enorme disposição em terminar logo a empreitada.

Desse modo, os dias transcorreram rapidamente, e o serviço foi concluído sem maiores problemas.

Ao ver a casa terminada, Dimitri agradeceu a Igor e lhe disse que no dia seguinte procuraria o futuro sogro para marcar a data do seu casamento com Anna.

Ficou acertado que o casamento ocorreria dentro de quinze dias.

12

A manhã estava agradável, e Anna sentia um misto de felicidade e de insegurança, pois havia chegado o dia de seu casamento com Dimitri. Dentro de algumas horas, o noivo estaria ao seu lado, para a realização do enlace. Ela aguardava também a chegada de Catarina, que a ajudaria a vestir-se com esmero para o momento sonhado.

Dirigindo-se ao pequeno lago próximo de sua casa, viu ali sua imagem refletida. Para seu espanto, notou a seu lado a figura de um jovem. Assustou-se, virando-se imediatamente. Para sua surpresa, não havia ninguém. Voltou imediatamente seu olhar para a água e ali outra vez enxergou a imagem do jovem. Estava trêmula, mas mesmo assim perguntou:

— Quem é você?

— *Não está me reconhecendo? Sou Aleksander, o filho de Dimitri, que seu futuro cunhado prejudicou de todas as formas!*

— Filho? — Anna questionou, muito assustada. — Mas Dimitri não tem filhos! Diga quem é você!

— *Muito em breve você saberá!*

Então a figura se desvaneceu, deixando Anna imensamente confusa. Ela sentiu calafrios, mas procurou localizar o rapaz que a deixara tão impressionada.

Retornando à casa, viu que Catarina, Igor e a pequena Karina já se encontravam ali. Sentiu-se mais segura e pediu para conversar com a irmã.

Ambas foram às margens do lago. Anna precisava relatar o que havia se passado ali, minutos antes. Ainda sob o efeito do impacto, descreveu como era o rapaz e tudo o que ele dissera.

Sensitiva, Catarina não teve nenhuma dúvida de que se tratava da aparição de um espírito. Já havia se acostumado a receber as orientações do Instrutor Valentim e, mesmo não tendo conhecimento profundo sobre a questão, sentia que era perfeitamente possível que os mortos viessem até nós em missão de esclarecimento ou para alguma cobrança. Entendeu que a irmã, mesmo desconhecendo completamente esse assunto, também estava recebendo a visita de um espírito.

Intuiu, influenciada por Valentim, que devia falar à irmã sobre a sua convicção de ser possível aos mortos voltar e se apresentar aos vivos, de diversas formas. Ao falar de modo natural, transmitiu serenidade a Anna. Disse ainda que sem dúvida aquele rapaz fora filho de Dimitri, mas em outra encarnação.

Mais calma, Anna pôde convidar a irmã para retornarem à casa, onde deveria se preparar, pois já se aproximava o momento esperado. Tentaria se esquecer tudo o que se passara naquela manhã.

Catarina ajudou a irmã a se vestir. Sentia profunda emoção e um temor inexplicável.

Perto da metade do dia, os convidados foram chegando para festejar o casamento de Anna. Até Waleska se mostrava mais disposta, esforçando-se muito para conseguir participar da alegria da filha. Amparada por Ivan, acomodou-se na varanda da casa, e assim pôde acompanhar o contentamento de todos. Parentes distantes já estavam presentes. Colocando os assuntos em dia, cada qual procurava desfrutar da satisfação que reinava no coração da família.

Igor buscou partilhar do entusiasmo da família, embora lá no fundo de seu coração algo lhe dissesse que tudo aquilo era como uma antessala aos dissabores. Lutava contra esses pensamentos e se cobrava. Perguntava a si mesmo: "Meu Deus, por que sinto isso? O que será que existe entre todos nós?".

Dimitri chegou, acompanhado de seu único parente, um primo distante. Seus pais já haviam deixado este mundo há certo tempo, e seus irmãos haviam abandonado aquela região, em busca de novas oportunidades, e nunca mais retornaram.

Procurando demonstrar toda sua alegria, cumprimentou sorridente o senhor Ivan e apressou-se em cumprimentar a senhora Waleska, pois a pobre senhora, acomodada na varanda, dali não conseguia se levantar, diante da doença que a acometia.

Sentindo-se como um vencedor, dirigiu-se a Igor e Catarina, para os cumprimentos, dizendo logo que estava muito feliz em vê-los ali.

O coração de Catarina se oprimiu e o mesmo aconteceu com Igor. Porém, como estavam se esforçando para buscar a paz, procuraram elevar seus pensamentos a Deus, rogando que tudo acontecesse da melhor forma possível. Afinal, ali estavam reunidas muitas pessoas cujo desejo era que aquele casal fosse imensamente feliz.

Naquele vilarejo havia uma pequena capela onde seria realizada a cerimônia religiosa. Dimitri, juntamente com os convidados, dirigiu-se até o local onde deveria aguardar a chegada de Anna, que seria acompanhada pelo pai, uma vez que a mãe, pela precariedade da saúde, os aguardaria naquele canto da varanda onde a brisa a embalava nas lembranças de seus tempos de juventude.

Catarina deu os últimos retoques nos cabelos da irmã, ajeitando seu vestido e beijando-lhe a testa. Desejou, em lágrimas, que fosse muito feliz. Ambas se abraçaram, envolvidas em fluidos calmantes, irradiados por amigos espirituais que amparavam aquela família.

Igor convidou Catarina para seguirem até capela. Os dois foram segurando as mãozinhas de Karina, pois seus passinhos ainda eram inseguros, e notaram que a menina estava febril, o que os deixou preocupados. Mesmo assim, prosseguiram em direção à pequena igreja ortodoxa, já repleta de parentes que aguardavam a noiva.

Dimitri, posicionado ao lado do pequeno altar, aguardava ansioso a chegada de Anna.

Após alguns minutos, surgiu a noiva. Irradiava imensa felicidade, e a emoção tomou conta daqueles que verdadeiramente a amavam.

Dimitri foi tomado por vários sentimentos. Além da alegria, surgiu também uma sensação de que iniciava uma caminhada sem volta, como a de alguém que planeja uma cobrança e chega a hora de começar o processo. Na verdade, não conseguia identificar com clareza os sentimentos que tomavam conta de sua alma naquele momento.

A cerimônia transcorreu com serenidade. Ao final, os cumprimentos de praxe indicavam que os convidados deveriam seguir até a modesta moradia da família, para as festividades que selariam a união dos noivos.

Catarina procurou não se afastar de Igor, pois sabia que ele não estava completamente à vontade, e observou com atenção as reações de sua filhinha, ainda um pouco febril, mesmo após ter recebido chás e os cuidados necessários.

Em dado instante, Catarina se surpreendeu com a reação de Karina.

Anna e Dimitri se aproximaram para agradecer e abraçar Catarina e Igor. Na intenção de beijar a sobrinha, Anna estendeu a ela seus braços. A menina ficou meio arredia, mas Catarina a incentivou a buscar o colo da tia. Porém, quando Dimitri tentou abraçá-la também, a criança irrompeu em gritos e ficou trêmula, assustando os pais e o próprio Dimitri.

A situação ficou delicada. Diante do inesperado, Dimitri se afastou, tentando poupar a menina de sua presença. A surpresa de todos diante daquele fato acarretou certo mal-estar.

Pelo estado febril de Karina, Igor e Catarina procuraram justificar seu retorno a seu lar, o que foi perfeitamente compreendido por todos.

Emocionada, Waleska beijou a netinha, rogando a Deus que ficasse bem. Ao se despedir de Catarina, pediu que nunca deixasse a irmã desamparada. Diante das dores imensas, sentia que sua estada na Terra não seria muito longa.

Aliviados, Igor, Catarina e a filha se retiraram do ambiente, impregnado de energias negativas que lhes incomodavam.

Ao chegar a casa, para espanto e alívio dos pais, Karina estava com a temperatura normal, com o semblante sereno, e já disposta a brincar e a se alimentar.

Após colocarem a filhinha no berço, o casal se uniu em oração. Em seus corações, a sensação de peso persistia.

— Igor, você sente o mesmo que eu? — perguntou-lhe Catarina.

— Se você se refere a uma sensação de que teremos grandes dificuldades no convívio com Anna e Dimitri, minha resposta é sim — afirmou Igor.

Decididos a tudo fazer para não aceitar provocações, ambos procuraram descansar e esquecer aquele dia que trazia o prenúncio de grandes conflitos.

13

iante da enfermidade de Waleska e da necessidade de Dimitri retornar ao trabalho, o casamento de Anna fugiu um pouco ao habitual. Na região, as festividades costumavam se prolongar por até dois dias.

Quando a noite já havia jogado seu manto de estrelas sobre aquele local, a festa foi se encerrando, e os noivos se prepararam para seguir ao seu novo lar. Anna, embora compreendesse perfeitamente as circunstâncias, sentia-se um tanto frustrada por seu casamento destoar dos demais. Segundo concebia, começara de um modo pior.

Mas resolveu superar esse sentimento. Ao se despedir dos pais, agradeceu a eles. Quando abraçou a mãezinha, sentiu um vazio muito grande. Teve a impressão que seria uma despedida definitiva. Porém, procurou lutar contra esse presságio.

Dimitri acomodou na carroça alguns pertences de Anna. Ao se despedir dos sogros, tentou ser amável e lhes assegurou que procuraria, de todas as formas, fazer a felicidade de Anna.

A viagem não era muito longa, mas o suficiente para que o cansaço refletisse no humor de Dimitri. Houve certo silêncio logo no início, e Anna resolveu mencionar os momentos vividos por eles naquele dia. Falou sobre várias coisas. Naquele instante, contudo, lembrou-se da visão que tivera à beira do lago. Não comentou com Dimitri. Mas sentiu um arrepio.

Dimitri estava calado, pensativo, e deu pouca atenção às palavras de Anna.

— Dimitri, você está com sono? — Anna perguntou, sorrindo. — Está tão calado!

— É que você está falando como uma matraca, sem parar, não dá nem tempo para alguém conseguir responder!

Anna se assustou com o palavreado de Dimitri e julgou que devia ser uma brincadeira. Porém logo percebeu que não era.

— Anna, não gosto muito de mulher que fala sem parar. Por esse motivo, aconselho a você que se contenha!

Foi um verdadeiro banho de água fria! Anna se recolheu ao silêncio, e as lágrimas correram por seu rosto. Ela buscou se controlar, mas inexplicavelmente pressentiu que sua vida não seria fácil. Tentou justificar o comportamento do marido e procurou dizer a si mesma que aquilo era passageiro, que não deveria dar importância àquele instante desagradável.

Até chegarem à sua moradia, não trocaram mais palavras.

Anna ainda não havia visto seu novo lar. A luz do luar iluminava aquele belo recanto, e ela podia ouvir o barulho de uma cachoeira que, ali perto, cantava suave melodia. Abrindo as portas, Dimitri depressa foi buscar as lamparinas, providenciando para que a claridade auxiliasse Anna a se situar no ambiente.

Anna percebeu que a casa precisaria de muitos cuidados femininos, pois, apesar de limpa, tinha um aspecto não muito

QUANDO O AMOR VENCE O ÓDIO

agradável. A energia que envolvia o lugar era bem diferente da que respirava na casa de seus pais. Considerou tudo isso normal, uma vez que era Dimitri quem cuidava do espaço, após o trabalho diário.

Enquanto ia conhecendo a residência, Dimitri relatou fatos que julgava importante, recordando até os tempos em que seu pai vivera ali. Lembrou-se, com certa emoção, da mãezinha que o embalara, que muito cedo os deixara, vitimada por doença pertinaz.

Depois de conhecer toda a moradia, Anna procurou acomodar os poucos pertences que havia trazido e, dirigindo-se à pequena cozinha, tentou localizar os utensílios, na intenção de preparar algum tipo de chá que pudesse lhes dar alguns minutos de conversa naquele dia tão especial.

Foi seu primeiro contato com aquela nova casa, aquele novo lar, e ela desejava ardentemente que lhe trouxesse felicidade. Serviu o chá com emoção, imaginando como seria o início da nova vida. Estava próxima da irmã, de Igor, da sobrinha. Enfim tinha uma família por perto.

Após se recolherem, nova decepção aguardava Anna. Dimitri se mostrou um homem rude e grosseiro. Não demonstrou nenhum carinho por ela naquela noite, a primeira do casal.

Sonhos conturbados fizeram parte da noite de Anna. Acabou retornando ao pequeno lago próximo da casa de seus pais. Outra vez encontrou aquele jovem, sentado às margens das águas, como se estivesse aguardando por ela.

— *Olá, Anna. Então, você está disposta a começar uma longa caminhada junto de meu pai? Você tem ideia de quem ele é? Você*

sabe que já se encontraram em outras vidas? Que muitas vezes, jun-
tos, tiveram comportamentos bastante reprováveis?

— Do que você está falando? Acho que nunca nos vimos, até
a manhã deste dia, quando você surgiu aqui, neste mesmo lugar!

— *Nos vimos sim, e muitas e muitas vezes. Sei que há um*
amigo que está tentando ajudar você, Igor, Catarina e meu pai. Sei
também que ele quer que eu me convença de que poderemos nos
perdoar. Tenho pensado muito nisso, mas quando me lembro de
tudo o que aconteceu no nosso último encontro, o ódio toma conta
de meu coração.

Anna acordou sobressaltada e viu que Dimitri dormia a
sono solto. Seus pensamentos começaram a buscar explicação
para tudo aquilo. Lembrou-se das palavras de Catarina e buscou
na oração forças para entender o que se passava. Decidiu que
logo pela manhã iria pedir ajuda à Catarina, para compreender
melhor aquela situação.

Voltou a dormir. Aos primeiros clarões do dia, Dimitri a
chamou para providenciar o seu café e preparar seu almoço. Ela
rapidamente se levantou, pois queria impressionar bem a seu
marido, mostrando que era uma pessoa disposta e cumpridora
de seus deveres.

Assim, procurando utilizar o que ali encontrara parcialmente pronto, conseguiu preparar o almoço de Dimitri. Depois
disso, sentou-se à mesa, a seu lado, para iniciar o primeiro dia
de sua vida de casada. Estava ainda um pouco deslocada, mas
entendeu que isso era normal, comum em uma situação nova.

Conforme sua rotina, Dimitri foi à casa central, onde o senhor Wladimir daria as ordens do dia. Homem de poucas palavras,
sequer fez menção a seu casamento. Rapidamente, deu instruções

para que se dirigisse às margens do rio Neva. Lá, havia necessidade de cuidar da manutenção de pequeno canal por onde pequenas embarcações precisavam navegar.

Dimitri procurou reunir alguns dos homens que normalmente o acompanhavam. Então seguiram até o local em que, dias antes, um violento temporal havia causado estragos. Ali chegando, deu as ordens e se afastou até um pequeno remanso.

Acabou envolvido por uma leve sonolência. De repente, viu diante de si um jovem que o chamava de pai. Assustou-se, perguntando o que significava aquilo.

— *Calma, pai, não quero lhe fazer mal algum, pelo contrário. Devemos nos unir para um certo ajuste de contas. Tudo se encaminha para isso. Precisamos conversar muito e, no momento adequado, planejaremos como será nossa vingança!*

Dimitri acordou daquele leve torpor e levantou-se rapidamente, retendo na memória que fora visitado por um jovem que lhe tocara fundo o coração.

Assim passou o dia, no trabalho rude e cansativo.

À noitinha, voltou ao lar e notou uma grande diferença na apresentação da casa. Achou agradáveis as mudanças feitas por Anna, mas não elogiou nem valorizou.

Após banhar-se, preparou-se para o jantar que a esposa já havia servido, e ambos sentaram-se para aquela refeição. Anna esperou algum comentário, mas Dimitri, como estava habituado a fazer suas refeições sozinho, permaneceu em silêncio. Ela compreendeu a situação.

Depois do jantar, convidou Dimitri para conversarem um pouco na pequena varanda, respirando aquela brisa não tão suave, porém prazerosa.

Faz várias perguntas sobre o dia de Dimitri, sobre seu trabalho, sobre seus comandados, sobre seu superior. Enfim, desejava saber como era a vida de seu marido.

Para surpresa de Anna, ele respondeu às suas perguntas de maneira serena, mas sem muitos rodeios. Permanecem por ali mais algum tempo, e em seguida se recolheram para o repouso.

14

ão demorou muito para Dimitri se entregar ao sono profundo. Viu a si mesmo fora do corpo e avistou aquele mesmo jovem que o visitara durante a tarde. Ele se apresentou novamente como seu filho.

— *E então, meu pai, olhe bem para mim e vai se recordar de tudo. Quero lhe apresentar um amigo. Valeri é nosso amigo de longas datas.*

Ao olhar aquele homem de aspecto rude e de certa forma assustador, Dimitri sentiu que o conhecia. Porém, como ainda não estava nítido em sua lembrança, começou a fazer perguntas.

— Vocês querem ser mais claros, por favor?

— *Sim, é tudo o que queremos* — afirmou Valeri. — *Acomode-se. Vamos fazer uma longa viagem.*

Assim, Dimitri foi levado, em suas lembranças, àquela encarnação onde seu filho fora induzido a praticar o suicídio por aquele que hoje era Igor. Valeri, conhecedor de processos de hipnotismo, cuidou para que Dimitri não tivesse acesso à cena em que ele próprio havia tirado a vida de Igor. Também procurou desviar suas lembranças da desencarnação da filhinha do outro, naquele dia em que ele, como capataz, o obrigara a segui-lo, deixando a filha em situação dificílima.

O intento de Valeri foi alcançado. Aleksander estava exultante. Sabia que seu pai se recordaria de partes daquele encontro, o que seria suficiente para reascender o ódio por Igor. Dali em diante, tudo ficaria bem mais fácil.

Após aquele encontro inesperado, ainda desligado do corpo físico, Dimitri percebeu que alguém se aproximava dele, mas de forma diferente.

— *Meu filho, que Deus te abençoe. Estou rogando ao Pai Celestial que você se afaste desses dois irmãos que vivem do ódio do passado! Não se deixe contaminar, meu querido filho. Procure retirar do seu coração o ódio por Igor. Eles não permitiram sua lembrança completa, porém, com a permissão de Jesus, eu lhe peço que acompanhe meu pensamento. Venha, meu querido, vamos buscar os fatos anteriores àquele episódio em que Aleksander tira a própria vida. Confie em sua mãe, venha!*

Foram momentos muito emocionantes. Dimitri tomou conhecimento dos fatos tristes dos quais participara, quando Igor e sua família haviam sofrido a dor imensa da perda da filhinha, sofrimento agravado pela sua atitude fria e cruel diante de um pai em desespero.

Valentim juntou-se ao grupo, envolvendo Dimitri em fluidos de paz. Todo aquele esforço de espíritos abnegados, espíritos que há muito tempo se esforçavam pela reconciliação de Igor e Dimitri, refletia a maneira divina de oferecer aos filhos oportunidades de regeneração.

Foi uma noite de grandes emoções. Dimitri fora conduzido pelo filho e pelo velho companheiro de desatinos a memórias

QUANDO O AMOR VENCE O ÓDIO

que aumentavam seu ódio, mas, na bondade do Pai Celestial, sua mãezinha e o amigo Valentim puderam amenizar a situação, mostrando o outro lado da moeda. Restava agora aguardar a decisão de Dimitri.

Ao despertar, Dimitri estava cansado e com os pensamentos bastantes confusos. Decidiu comentar com Anna que tivera sonhos um tanto assustadores onde se via junto de pessoas que ele desconhecia, mas que eram ligadas a ele, sem dúvida. Relatou suas lembranças, e a esposa acabou associando os fatos descritos com as visões que tivera como jovem filho do marido.

A sensação de raiva com relação a Igor havia aumentado naquela manhã. Em seu íntimo, desejava que seu concunhado sofresse de todas as formas possíveis. Pensando bem, não era somente ele que lhe incomodava. Catarina também lhe trazia sensações desagradáveis. Agora expandia seu rancor para a pequena Karina. Afinal, eram todos farinha do mesmo saco.

O dia transcorreu dentro da rotina normal de trabalho. Após o jantar, Anna convidou Dimitri a acompanhá-la em uma visita à irmã. Foi imediatamente criticada.

— Você quer ir à casa de sua irmã? Por que? Você pensa que eles têm prazer em nos receber?

— Por que você está falando isso? Certamente eles têm prazer em me receber, e agora também a você, pois ficou claro que Igor e Catarina tudo farão para que a paz reine em nossa família.

— Não seja tola, Anna! Eles jamais me suportaram, e não será agora que irão mudar!

Anna começou a perceber que estava diante de um impasse. Gostava da irmã, apesar de ter momentos em que ainda se ressentia de ter perdido Igor para ela. Mas, ultimamente, idealizando um casamento feliz, havia se esforçado para planejar uma amizade sadia entre todos.

De repente, diante das palavras do marido, sentiu que ele poderia ter razão. Sem saber que os espíritos Aleksander e Valeri estavam ali presentes, insuflando os sentimentos do casal, começou a alimentar um sentimento perigoso com relação à irmã e ao cunhado.

Desistiu de ir à casa de Catarina e, quando Dimitri percebeu que suas palavras haviam atingido o objetivo que ele desejava, começou a conversar sobre o seu dia, sobre as coisas que ela gostava, procurando envolver Anna e angariar cada vez mais a sua confiança.

Os espíritos Valeri e Aleksander, tenazes obsessores, intensificaram sua influência perversa. A residência, recentemente construída, agora apresentava-se repleta de energias altamente negativas.

A partir daquele instante, as noites de Dimitri e Anna foram povoadas por recordações do passado, todas conduzidas por Valeri e Aleksander, sempre de forma a mostrar que Igor e Catarina eram inimigos que há muito tempo procuravam prejudicá-los.

Crescia o ódio nos corações de Anna e Dimitri. Então, passaram a ocultar seus sentimentos. Evitavam comentar o que lhes atormentava a alma.

Certa manhã, Catarina foi visitar a irmã, levando Karina.

— Anna, que saudade! Esperei por sua visita todos esses dias. Resolvi verificar como você está. Já se acostumou com o novo lar? Está precisando de alguma coisa?

— Estou bem, procurando ajeitar tudo o que havia aqui. Tenho conseguido dar um novo ar a esta casa. Tinha um aspecto um tanto sombrio.

— Realmente, nota-se o toque feminino. Não sei como era antes, mas vejo que você é uma boa dona de casa.

A conversa se arrastou por alguns minutos, enquanto a pequena Karina se distraía com alguns pássaros que pousavam na pequena horta, em busca dos insetos para se alimentar.

Não demorou muito, e Karina entrou chorando e assustada, buscando o colo da mãe e dizendo:

— Mamãe, não quero conversar com aquele moço. Tenho medo dele!

— Que moço, filhinha? Aqui não há mais ninguém além de mamãe, tia Anna e você!

— Não mamãe, tem sim. Veja, ele está sentado ali naquela pedra.

A pequena apontou para o local exato onde se encontrava Aleksander. Catarina, sensível à presença dos espíritos, registrou a presença do jovem, mas evitou comentar com a irmã o ocorrido.

Procurando acalmar a filha, Catarina a convidou para tomar um copo de água. Depois disso voltariam pra casa. Acompanhando a mãe, a menina acabou se esquecendo do que vira.

Anna ficou toda arrepiada, mas não pôde ver o espírito Aleksander. Em outras ocasiões, quando dormia, presenciara, desprendida do corpo, o obsessor induzir Dimitri a vingar-se de Igor, prejudicando-o. O objetivo de Aleksander era um só: devolver a Igor os sofrimentos que este lhe causara em outra encarnação.

— Catarina, o que você e Igor sentem com relação a mim e a Dimitri? — perguntou Anna, de supetão!

— Por que esta pergunta, minha irmã? Pensei que havíamos deixado claro que as desavenças seriam esquecidas e viveríamos como uma família, de modo pacífico.

— Pois é, mas tanto eu como Dimitri sabemos que isso não é sincero. Sentimos isso em nossos corações!

— Anna, minha querida, não alimente pensamentos inferiores. Não somos perfeitos, muito longe disso, mas tanto eu como Igor tudo fazemos para não guardar mágoas.

Catarina chamou pela filha e, abraçando a irmã, despediu-se com tristeza.

15

riste com as palavras da irmã, Catarina retornou ao seu lar. Recordações da infância e da juventude afloraram em sua mente. Trouxeram lembranças mais recentes, que culminaram em seu casamento. Recordou-se que Anna tinha certeza que Igor visitara a casa de sua família a fim de conhecê-la, provavelmente interessado nela para um futuro casamento.

Quando relembrou de todas as palavras ditas naquele dia, sentiu um profundo aperto no coração. Imediatamente, viu Aleksander rindo, encostado na janela. Percebeu que seu intuito era criar situações de desconforto entre as irmãs, mas não entendia ainda qual era seu plano.

Catarina depressa buscou Deus, orando com fervor, pedindo ao Pai que não permitisse haver desentendimentos entre elas e também que houvesse paz entre Dimitri e Igor. Procurou pelo jovem encostado na janela, mas notou que havia se retirado.

Quando Igor retornou ao lar, notou Catarina um tanto tristonha. Como haviam decidido que nada seria ocultado entre eles, perguntou a razão daquela melancolia.

Catarina relatou ao marido o que acontecera desde a visita feita a Anna até o retorno à sua casa, quando avistara aquele espírito, de aspecto jovem, mas assustador. Até aquele momento, desconhecia os motivos que levariam aquele rapaz de aparência grotesca a se apresentar a ela e a pequena Karina. Continuou sem omitir nada, principalmente quanto aos sentimentos que ainda poderiam estar vivos no coração da irmã, relativos à decisão de Igor em se casar com ela, Catarina.

Igor procurou dissuadir a esposa com relação a isso, mas no fundo sentia a mesma coisa, principalmente quando se lembrava das palavras de Anna quando a levara de volta à casa dos pais, após o episódio em que a encontrara com Dimitri.

Os dias seguintes foram de relativa paz. Dimitri e Igor estavam trabalhando em pontos distantes da propriedade do conde Nicolai, e as duas irmãs também não haviam se visitado mais.

Mas os planos de Aleksnder e Valeri já estavam prontos. A justiça seria feita, era o que eles imaginavam! Agora deveriam influenciar Wladimir para que juntasse Igor e Dimitri em alguma tarefa, colocando-os frente a frente, de modo que os sentimentos do passado emergissem em suas consciências atuais.

Assim, na manhã seguinte, quando ambos foram à administração central, Wladimir os chamou a fim de dar as ordens de serviço.

— Precisamos construir mais três silos. O conde Nicolai decidiu modificar a forma de armazenamento e aguarda a nova construção para indicar seus planos atuais. Por esse motivo, vocês reunirão os homens mais preparados para o serviço e começaremos o trabalho. Igor, você será o responsável por essa tarefa. Você, Dimitri, o auxiliará.

QUANDO O AMOR VENCE O ÓDIO

Ao ouvir essas palavras, Dimitri sentiu o sangue queimar o seu rosto. Como ele seria auxiliar de Igor? Receberia ordens dele? Seu coração se descompassou e, por alguns instantes, ficou mudo.

— E então, Dimitri, tem algo a dizer? — interpelou Wladimir. — Vamos iniciar imediatamente. Sigam-me. Quero apontar o local da nova construção.

Igor ficou perplexo. Sempre imaginara que o senhor Wladimir tinha uma preferência por Dimitri. Estava surpreso com aquela determinação.

Wladimir montou em seu cavalo, aguardando que Igor e Dimitri fizessem o mesmo, e os três se dirigiram ao local onde seriam construídos os novos silos.

Uma vez acertado local, dimensões e materiais que seriam utilizados, Wladimir se retirou e reafirmou que o trabalho deveria ser feito o mais rapidamente possível.

Quando ficaram sozinhos, Dimitri olhou para Igor com todo o furor de seu coração, mas buscou disfarçar.

— Você vai cuidar da formação das equipes? — perguntou Dimitri, ironicamente.

— Sim, a partir de agora vou fazer isso. E você poderá providenciar os materiais que o senhor Wladimir indicou, o que acha?

Essas palavras foram para Dimitri como pólvora.

— Sim, senhor! É o que vou fazer imediatamente — gritou, sentindo que o ódio que estava um tanto adormecido despertava com força redobrada.

Igor sentiu um leve mal-estar, porque a presença de Valeri e Aleksander impregnava o local com fluidos pesados, originários da condição espiritual de ambos.

Mesmo assim, continuou a conversa, definindo os materiais necessários ao início do trabalho.

— Dimitri, irei em busca dos homens para esta tarefa, e você providenciará os materiais para iniciarmos amanhã, logo cedo, o trabalho.

A primeira atitude de Igor foi procurar o amigo Mikhail e dividir com ele a surpresa diante dos fatos, pois confiava muito nas orientações que recebia daquele que considerava um irmão.

— Amigo, você é o primeiro que busco para esta nova empreitada. Sabe que é de minha inteira confiança — foi logo dizendo Igor, com entusiasmo.

— Já o esperava — respondeu Mikhail. — Você sabe, costumo receber alguns "recados" daquele amigo que existe em algum lugar deste espaço, que para você não passa de fantasia de minha cabeça.

— Lá vem você com suas manias! Mas vá lá, o que foi que esse amigo lhe disse?

— Não brinque. O assunto é sério! Sua aproximação com Dimitri é algo preocupante. Vai depender muito de você que tudo acabe bem. Pode contar comigo sempre, você sabe!

— Então você já deve saber que o senhor Wladimir deu a mim a maior responsabilidade. Percebi que a reação de Dimitri não foi das melhores. Seu amigo lhe contou?

— Sim, Igor, e por isso ele nos alerta a respeito do perigo. Mas, se você está aqui, é porque também foi tocado por alguma coisa que ainda não conhece, mas que já o impulsiona.

— Bem, quero que você me ajude a fazer a convocação dos nossos melhores homens para a construção dos silos. Enquanto vou procurar alguns, você deve ir em busca dos outros. Amanhã bem cedo começaremos!

— Está bem, vou fazer isso imediatamente.

Após um abraço sincero, ambos saíram em busca dos trabalhadores mais confiáveis.

Nessa mesma hora, Dimitri, junto com alguns homens de sua confiança, iniciava a coleta das ferramentas e materiais que seriam utilizados.

Em casa, Igor contou a Catarina todos os acontecimentos. E o entusiasmo era visível em seu semblante.

— Igor, você está entusiasmado com a tarefa porque fará um trabalho que gosta ou porque dará ordens a Dimitri? — perguntou Catarina.

— De onde você tirou essa ideia, mulher? Farei um trabalho que gosto. Além disso, estou recebendo uma oportunidade de mostrar ao senhor Wladimir que sou capaz de realizar coisas mais importantes do que cuidar das colheitas!

— Ah! Bom, por um instante pensei que poderia ser a segunda hipótese — disse Catarina, sorrindo.

O jantar transcorreu sereno, com as gracinhas da pequena Karina.

Naquela noite, Igor novamente viu a si mesmo em um lugar sombrio. Percebendo que não estava sozinho, perguntou assustado:

— Quem está aí?

Sem nada responder, Aleksander se apresentou com um semblante tétrico, endereçando a Igor palavras ofensivas, dizendo que havia chegado a hora do acerto de contas. Por fim, deu uma gargalhada estridente, deixando o local.

Como acontecera nas outras vezes, Igor despertou tremendo e suando muito. Catarina, seu anjo bom, o socorreu com suas orações e ofereceu um copo com água.

Ao relatar o sonho a Catarina, Igor sentiu calafrios ao rever em sua tela mental aquela figura disforme, com palavras impregnadas de ódio.

Catarina, bastante sensível, rapidamente associou o encontro do esposo com a figura que a filha havia visto e que igualmente a havia assustado.

— Igor, algo está havendo e precisamos descobrir o que é. Nossa filha se apavorou quando fomos à casa de Anna. Ela também avistou um moço muito assustador. Ficou trêmula, assim como você está agora. Não acha que é uma coincidência muito estranha?

— Catarina, precisamos contar tudo isso a Mikhail. Ele tem um amigo espiritual de quem eu desdenhava, mas agora me parece que realmente existe algo além do que meus olhos conseguem enxergar.

16

ão longe dali, Dimitri também retornou ao lar, porém não tinha o hábito de comentar com Anna os acontecimentos do dia. Procurava falar apenas de coisas triviais. Não via na esposa alguém com quem devesse dividir suas experiências, o que era uma característica marcante da personalidade de Igor.

Mesmo assim, Anna sutilmente buscava penetrar naquela muralha de desconfiança que sentia no marido. Aos poucos, conseguia caminhar um pouco mais na direção do coração de Dimitri, que era tão frio como uma geleira.

— Meu caro esposo, como foi o seu dia? Alguma coisa nova aconteceu?

— O mesmo de sempre... Trabalho, aborrecimentos, e assim vamos vivendo!

— Sinto que alguma coisa aborreceu você, não gostaria de conversar?

Dimitri ficou intrigado com aquela afirmação. Induzido pelo espírito Aleksander, fez comentários para instigar em Anna um sentimento de revolta.

— Como eu já te disse, Igor tudo faz para me diminuir aos olhos do senhor Wladimir — começou o relato, distorcendo os fatos. — Como você sabe, há muito tempo eu comando várias tarefas. Agora, para minha surpresa, a construção dos silos determinada pelo conde ficou nas mãos de Igor. E o que é pior, recebi ordens para ser seu ajudante. Veja se isso lhe parece razoável! Você já percebeu que ele e sua irmã são dissimulados, não é mesmo? Tenho certeza que ele influenciou de algum modo o senhor Wladimir para que pela primeira vez eu tivesse uma posição inferior. Até hoje, tínhamos territórios diferentes nas colheitas, e cada um comandava seu grupo. Apenas uma vez nos unimos, diante de uma peste que atacara a plantação. Já naquela ocasião tivemos pequenos problemas, mas que não chegaram a causar maiores danos!

A voz de Dimitri estava trêmula em razão do nervosismo causado pela presença de Aleksander, mas não podia perceber que não estava sozinho naquele momento.

— Esteja certa, não vou me submeter aos caprichos de ninguém, muito menos de Igor!

— Concordo com você, Dimitri, não há razão para você se submeter. Além de concunhados, vocês são pessoas em igualdade de condições. Acho que deve alertar o senhor Wladimir sobre a índole de Igor.

— No momento certo farei isso! Agora seria precipitado.

Neste ambiente impregnado por fluídos deteriorados, ambos fizeram sua refeição.

Aleksander aguardava o momento em que o pai se desprenderia do corpo físico, pois seu plano precisaria ser assimilado totalmente a fim de que a vingança pudesse ser concretizada. E isso deveria acontecer logo.

Depois de algumas horas, Dimitri adormeceu. Imediatamente sentiu-se puxado para junto de Aleksander. Logo o reconheceu, porque já não havia barreiras entre eles, e reviu cenas da encarnação anterior, em que ambos culpavam Igor pela desdita que os atingira.

Aleksander, com ares de vítima, apressou-se em dizer:

— *Meu pai, aguardo há muito tempo esta oportunidade de nos vingarmos pela atitude desse homem sem coração! Você acabou de ver do que ele é capaz. Ele o trapaceou.*

Valeri não se mostrava. Acompanhava a distância o trabalho de persuasão executado por Aleksander. E estava exultante. Dizia a si mesmo: *"o tolo do Dimitri nem imagina que fomos nós mesmos que influenciamos Wladimir a tomar a atitude que possibilitaria o quadro ideal a nossos propósitos!".*

— *Pai, sua proximidade com Igor vai nos auxiliar muito a fazer com que ele sofra o mesmo que nós sofremos. É só esperar a ocasião oportuna.*

Aleksander se retirou, satisfeito com o trabalho realizado, e Dimitri teve um sono tumultuado até o amanhecer, quando acordou com uma sensação de que aconteceriam coisas muito interessantes e convenientes para ele.

Ao deixar Dimitri, Aleksander foi até a moradia de Igor, onde o encontrou em processo de desdobramento, próximo ao leito da filha. Ao ver o jovem, Igor teve um sobressalto, porém conseguiu se controlar e perguntou a razão da sua presença por ali.

— *Você está me reconhecendo agora? Já nos vimos recentemente, mas ainda não me apresentei. Sou Aleksander, aquele que você levou ao suicídio, lembra-se? Pois agora aqui estou, para nosso acerto de contas! Ou você pensa que vai sair livre dessa?*

— Acho que você está enganado. Não o conheço.

Valeri também se apresentou, fechando o cerco, e foi logo dizendo:

— *Vamos ver se você é mesmo forte como diz ser. Vamos lhe mostrar por que este pobre rapaz foi tão prejudicado por você!*

Naquele mesmo instante projetou na tela mental de Igor cenas do suicídio de Aleksander, induzindo o desafeto a assumir toda aquela culpa.

Rapidamente, os dois se afastaram, e mais uma vez Igor despertou em pânico.

Novamente Catarina amparou o marido com suas ora-ções. Programou para a tarde seguinte uma visita a Mikhail. A esperança de ambos estava depositada nele.

Após as orações, Igor conseguiu adormecer outra vez. Ao amanhecer, recordou-se vagamente de um encontro muito preo-cupante. Sentia que devia algo a alguém.

Agora, mais do que nunca, precisava buscar o auxílio do amigo querido.

17

Logo pela manhã, Igor dirigiu-se ao local escolhido pelo senhor Wladimir para a construção dos silos. Dimitri fez o mesmo.

Para surpresa de Igor, Dimitri estava acompanhado por dois homens responsáveis pelo transporte de alguns materiais que seriam utilizados. Depressa os dispensou. A equipe que ele convocara já estava a postos.

Diante da atitude de Igor, Dimitri esboçou a primeira manifestação de atrito, pois não aceitava a dispensa daqueles que considerava seu apoio. Tentou argumentar à sua maneira, mas Igor recusou a justificativa, solicitando que eles retornassem às tarefas que estavam desempenhando até aquela hora.

Os homens se retiraram, levando rancor dentro de si, rancor incentivado pelo espírito Aleksander, que lhes dizia que aquele presunçoso teria que pagar por aquela ofensa.

Assim começou a abertura dos alicerces. Igor e Dimitri se separaram para cuidar de suas tarefas, mas o clima entre ambos já estava envenenado pela influência de Valeri e Aleksander. Ambos se limitavam a falar o indispensável, e apenas na presença do senhor Wladimir se mostravam mais cordiais.

Igor pediu a Mikhail que fosse até sua casa naquela noite. Precisava muito de sua ajuda.

O amigo, que já esperava por aquele convite, depressa confirmou a visita. Mais tarde, foi recebido com grande alegria por Catarina.

Igor relatou a Mikhail os pesadelos que tivera, e Catarina informou sobre as visões dela e da filha.

O bondoso Valentim aproximou-se do grupo, influenciando Mikhail para que aquele homem simples, mas dotado de grande sabedoria, pudesse orientar os amigos.

— Amigos, eu os convido a fazermos uma oração a Deus pedindo ajuda.

Mikhail elevou uma prece sincera ao Pai Criador e pediu que aqueles amigos queridos pudessem ser auxiliados naquele período em que deparavam com ocorrências de origem desconhecida, que lhes causavam grande temor.

Depois de concluir a oração, Mikhail modificou sua expressão e também o tom de voz, e Igor e Catarina sentiram-se envolvidos em uma energia de paz. Permaneceram em silêncio enquanto Mikhail lhes convidou a ouvir uma parte de sua história.

— *Amigo querido, você está diante de um antigo desafeto, e embora ambos tenham aceitado o encontro na vida física, não estão se esforçando para superar as desavenças do passado. Igor, você e Dimitri já se prejudicaram muito. Você alimentou por muito tempo um ódio intenso por ele, quando houve a desencarnação de sua filhinha querida, momento de muita dor em que ele, como seu superior, o impediu de prestar-lhe o socorro necessário. Mas, na realidade, a desencarnação de sua filha ocorreu de acordo com as Leis Divinas.*

Você resolveu vingar-se, mas perdeu a vida na tentativa, abreviando sua existência no corpo físico. De volta ao plano espiritual, obstinado, decidiu dar andamento aos seus planos de vingança concebidos na Terra. Assim, tornou-se um obsessor do filho de seu carrasco, causando-lhe sérios desequilíbrios. O desfecho de sua maldade foi a trágica desencarnação do jovem, destruindo-lhe a oportunidade daquela existência.

Assim se estabeleceu um ódio avassalador entre Dimitri, seu filho Aleksander e você, promovendo, no plano espiritual e físico, processos de proporções drásticas. Você e Dimitri já tiveram outras encarnações de sofrimento, vivendo em épocas diferentes, mas Aleksander, diante do estado espiritual a que se vinculou, ainda não reencarnou em corpos saudáveis, estacionando assim em atmosfera sombria.

Ele acabou se vinculando a Valeri, espírito que se diz vingador e que se utiliza de mecanismos primitivos para subjugar seus seguidores, incentivando-os a permanecer presos a situações vivenciadas em épocas remotas.

E agora, meu caro Igor, o reencontro planejado para aproximar vocês corre risco de naufragar nas águas violentas do ódio, pois Aleksander está influenciando o pai de forma intensa, impulsionando-o a sentir por você um profundo rancor, além de também incentivar Anna a alimentar um sentimento negativo com relação a você, a Catarina e a pequena Karina.

Impulsionado por Valeri, Aleksander está decidido a usar Dimitri para prejudicar você e sua família. Por esse motivo, para neutralizar esse sentimento inferior, é preciso que vocês se apeguem à oração, ao perdão e à força do amor. Estaremos juntos nesta batalha!

Mikhail respirou profundamente e retomou suas feições normais.

— Amigos, o que houve? Eu me senti um tanto distante, mas envolto em uma sensação de imensa paz e serenidade.

Igor e Catarina, emocionados, comentaram com o amigo as palavras daquele espírito que se apresentara como alguém que muito os amava e pelo qual eles também sentiram um carinho muito especial.

— Mikhail, muito obrigado pela sua bondade. Eu sou um tanto descrente, mas confesso que fui tocado no fundo de meu coração pelas palavras que ouvi e não tenho dúvidas da veracidade de tudo que me foi dito — Igor acrescentou, emocionado. — Vou procurar modificar meus sentimentos por Dimitri, e preciso continuar contando com sua ajuda.

Os amigos se despediram. Catarina e Igor estavam conscientes de que precisariam lutar muito para se aproximar de Dimitri e Anna, dissipando aquela nuvem de rancor.

Durante o sono, Igor desprendeu-se com facilidade do corpo físico e avistou Aleksander. Feroz, o obsessor o aguardava.

— *Onde pensa que vai, assassino?*

— Meu jovem, podemos conversar?

— *Com você não tem conversa. Somente no momento em que você estiver aqui, como eu, de volta a este mundo em que você me colocou de forma cruel.*

— Você já parou para pensar que tudo o que aconteceu teve antecedentes que me levaram a sentir ódio por você? Mas, no fundo, sua própria condição mental o empurrou para a estrada tortuosa que você mesmo traçou.

Diante da fala de Igor, Aleksander desapareceu rapidamente.

Igor despertou, mas agora não sentia mais aqueles sobressaltos que tanto o apavoravam. Conseguiu orar e, assim, dormiu novamente. Despertou sentindo-se bem, sereno.

18

Igor procurou tratar Dimitri de forma respeitosa. Por alguns dias, a paz aparentemente reinava entre eles. Catarina não retornou à casa da irmã, mas diariamente fez suas orações pedindo que se estabelecessem entre elas laços de união e de amor.

As paredes dos silos já estavam em uma altura considerável, e Aleksander naquela noite aproximou-se do pai, envolvendo-o em seus sentimentos rancorosos.

— *Pai, este é o nosso momento! Igor precisará inspecionar o ponto para a cobertura dos silos, e nós vamos provocar o acidente fatal! É a hora da vingança! Você poderá contar com o trabalho daqueles dois amigos que também não gostam dele.*

Dimitri se entusiasmou com a possibilidade de se livrar do concunhado e sentiu que havia chegado a sua hora. Ao acordar, não tinha a lembrança completa dos fatos, mas julgou que Igor precisava de uma lição, e talvez fosse aquela a melhor oportunidade.

Naquele dia, Igor pediu aos homens que preparassem o andaime para que pudesse fazer a inspeção na manhã seguinte, a fim de colocar a cobertura. Ao ouvir as ordens do outro, Dimitri rapidamente foi procurar os dois homens que considerava seus comparsas.

Dizendo que queria apenas dar um susto em Igor, pediu a eles que fossem até o local das obras na calada da noite e que desencaixassem os pontos de apoio das estacas mais altas. Assim, quando Igor subisse, elas se romperiam, fazendo que ele viesse abaixo junto com o madeiramento.

E assim foi feito. Silenciosamente, à noite, os dois homens, acompanhados por Valeri e Aleksander, prepararam aquele acidente no qual o adversário, conforme o julgamento de Aleksander, haveria de pagar pelos seus erros.

Naquela manhã, Igor chegou ao local dos silos e, para sua surpresa, encontrou o senhor Wladimir, que o esperava para verificar o andamento do trabalho.

— Igor, você sabe que gosto de acompanhar o serviço, especialmente porque devemos apresentar um belo trabalho. Onde está Dimitri?

— Deve estar chegando, senhor. Ele não costuma se atrasar.

Ao chegar, Dimitri teve um impacto ao ver ali o senhor Wladimir.

— Bom dia, Dimitri, eu o estava aguardando para verificarmos juntos as condições das paredes, antes de colocarmos a cobertura. Como você cuidou da manutenção dos silos velhos, acho que é a melhor pessoa para isso! Igor não tem a sua experiência nisso, então nós dois vamos verificar.

Dimitri gelou. O que fazer agora? Não lhe ocorria qual desculpa deveria dar. Como fazer para que Igor subisse ao andaime, se recebia uma ordem imperiosa? Começou a imaginar o que fazer para se livrar daquela situação e concluiu que poderia subir as escadas sem pisar no andaime. Poderia gentilmente permitir a passagem do senhor Wladimir, se não houvesse alternativa.

— Vamos, coloquem as escadas para chegarmos ao andaime — ordenou senhor Wladimir.

Os dois homens que durante a noite haviam feito o serviço para Dimitri não estavam presentes, pois desde o início não faziam parte do grupo.

Dimitri aguardou que o senhor Wladimir subisse, mas este faz sinal para que Dimitri fosse na frente. Apenas uma ideia veio à sua cabeça. Subiria até o último degrau da escada, mas não pisaria no andaime, dizendo que podia ver o suficiente.

Assim, subiu até o final da escada, de onde deveria passar para o andaime. Wladimir já estava no meio da escada.

— Wladimir, já estou tendo ampla visão do todo. Não há necessidade de o senhor vir até o topo, nem que eu suba no andaime, pois daqui já se vê toda a circunferência!

— Que é isso, Dimitri? É claro que não é possível ver o conjunto da obra, e eu quero ver tudo! O que acontece? Medo?

— Absolutamente, senhor. Apenas queria poupá-lo de subir até o final.

— Então, vamos! — dizendo isso, Wladimir já se aproximava do final da escada, onde estava Dimitri.

— Vá homem! Suba no andaime para me dar espaço também!

O pânico tomou conta de Dimitri, mas Wladimir praticamente o empurrou para o andaime, pois já havia chegado ao topo da escada e precisava de espaço.

Com o peso do corpo de Dimitri, a madeira se deslocou, e ele foi arremessado ao solo. O senhor Wladimir ainda estava no topo da escada e ficou estarrecido.

Os homens correram para ajudar Dimitri, e Igor foi o primeiro a socorrê-lo. Wladimir desceu rapidamente da escada para constatar a gravidade da situação.

Dimitri estava inconsciente. O pânico se estabeleceu. Ele foi removido em uma espécie de maca, improvisada com os recursos ali existentes. Também providenciou-se uma prancha de madeira na qual ele foi cuidadosamente colocado e transportado. Um dos homens foi em busca do médico do povoado, a fim de socorrê-lo.

Igor procurou encontrar uma explicação para o fato e deduziu que Dimitri havia colocado o pé fora do andaime, o que motivara sua queda. Buscou encontrar uma explicação plausível para o acidente, uma vez que os homens que haviam feito o trabalho eram competentes e habilidosos. O que teria acontecido?

Dimitri foi levado para sua moradia, enquanto alguns homens se dirigiram ao povoado em busca do único médico ali existente.

Anna se apavorou ao ver aquela cena.

A maca improvisada foi colocada no chão, por ordem do senhor Wladimir, que em seu íntimo recriminava a falta de atenção que provocara a queda daquele incompetente. Retirou-se depressa, ordenando que apenas dois camponeses permanecessem ali até a chegada do médico. Igor sentiu obrigação de prestar ajuda naquele momento em que Anna estava transtornada.

Muito contrafeito, Wladimir concordou que Igor ali permanecesse. Entretanto, ordenou que os demais retornassem ao trabalho, pois o conde Nicolai estabelecera um prazo para a conclusão do serviço.

A chegada do médico ocorreu após algum tempo, e ele pediu a todos que se retirassem e que apenas Igor ficasse ali, para dar algumas informações sobre o acidente.

Dimitri começou a gemer. Ao perceber que o paciente já recobrava a consciência, o médico iniciou a avaliação. À medida que eram tocados os membros superiores, Dimitri gemia muito, mas no instante em que eram tocados os membros inferiores, não havia nenhuma reação.

O médico preocupou-se, pois já esperava que algo bastante sério tivesse ocorrido com a coluna de Dimitri. Continuou seu atendimento, orientando como o acidentado deveria ser colocado em sua cama. Por fim, afirmou que ele havia fraturado vértebras importantes, e o movimento das pernas provavelmente estaria prejudicado.

No plano espiritual, Aleksander esbravejava e dava verdadeiros urros de ódio. Junto dele, alguns espíritos que acompanhavam todo seu planejamento de vingança insuflavam ainda mais seus sentimentos. E ainda perguntavam por que Valeri não estava ali.

— *O que é que deu errado? Por que o fracassado do meu pai não conseguiu cumprir sua parte no combinado? Será que ele se deixou dominar por aqueles embusteiros que se dizem seguidores do Seu Mestre? Igor continua a nos prejudicar! Sim, porque é ele, é sempre ele que se interpõe em nosso caminho e leva a melhor. Mas espere, porque a guerra está só começando!*

Dimitri recebeu os medicamentos que o médico levava consigo para ministrar aos pacientes em casos de acidente e, então, caiu em sono profundo. Logo viu a si mesmo diante de sua mãe, que bondosamente o acariciou e pediu a ele que buscasse acalmar seu coração, pois aquele acidente, que poderia ter sido fatal, era sua oportunidade de renascimento para o perdão.

O amor de mãe consegue aplacar todas as tormentas. Por alguns instantes, envolveu o filho em fluidos revigorantes, preparando este para o despertar que lhe mostraria sua nova realidade.

19

Ao finalizar o atendimento, o médico, com o semblante bastante sério, preparou Anna para informá-la da gravidade da situação.

— As notícias não são boas. Pelo exame que fiz, pude constatar que seu marido perdeu a sensibilidade nas pernas, o que me leva a crer que não voltará a andar.

Anna desfaleceu. Foi amparada por Igor, que também estava sob o forte impacto causado pela notícia. Agora era ela quem precisava de ajuda.

O médico a atendeu também, e ela rapidamente se recompôs.

Dimitri continuava sob efeito da medicação, que o faria dormir por mais algum tempo, enquanto o médico e os camponeses se retiravam.

— Anna, vou buscar Catarina para lhe fazer companhia. Sei que o amparo de sua irmã vai lhe fazer muito bem.

— Não! Não quero ver ninguém. E você também se retire, por favor!

Sem que nenhum deles percebesse, Aleksander ali se encontrava e envolvia Anna em energias extremamente negativas,

163

procurando fazer com que ela encontrasse alguma forma de culpar Igor pelo acontecido.

— Anna, entendo perfeitamente seu desespero, mas, por favor, deixe-nos ajudar!

— Você é o único culpado por tudo isso! Quando vocês começaram este trabalho, Dimitri sentia que algo ruim aconteceria — disse Anna, completamente dominada por Aleksander.

Igor se retirou sem nada responder. De volta para casa, levou o pensamento a Deus, como seu amigo Mikhail já lhe ensinara. Ali chegando, relatou toda a tragédia para Catarina, que pensou em como poderia ajudar a irmã.

— Catarina, o pior é que Anna não quer nossa ajuda. Praticamente me expulsou da casa dela.

— Não importa, mesmo assim quero tentar ajudá-la. Por favor, leve-me até lá. Poderemos deixar Karina com nossa amiga Salvia. Sem dúvida nos ajudará nesta hora difícil.

Assim, Catarina e Igor foram à casa de Anna. Antes de sair, fizeram uma oração pedindo ajuda de Deus. O bondoso amigo Valentim os envolveu em seu carinho, transmitindo-lhes pensamentos de amor e de força, a fim de que estivessem preparados para as palavras que ouviriam.

Ao chegar, bateram timidamente à porta da casa de Dimitri. Então ouviram o choro desesperado de Anna. Perceberam que a porta estava apenas encostada, e Catarina silenciosamente caminhou em direção à irmã. Rogando a proteção de Deus, abraçou Anna, que por alguns instantes se deixou enlaçar pelo afeto naquele instante tão precioso.

Mas foram apenas alguns segundos de devaneio. Aleksander ainda se encontrava presente e, sem perder tempo, envolveu

QUANDO O AMOR VENCE O ÓDIO

novamente aquele espírito em desespero, fazendo com que Anna empurrasse Catarina com tanta força que foi preciso a intervenção de Igor amparando a esposa.

— Eu não disse que queria ficar sozinha?

— Vocês vieram para zombar de nosso destino? Estão satisfeitos?

— Pelo amor de Deus, Anna, se acalme! Nós aqui estamos em paz, minha irmã querida!

Catarina elevou o pensamento a Deus com uma fé intensa. Sentiu que havia a seu lado alguém iluminado, que lhe transmitia algumas palavras, pedindo que ela servisse a Deus como médium.

— *Anna, minha neta querida! Permita que eu possa abraçá-la neste instante de dor e de desespero. Como naqueles velhos tempos em que você buscava o meu colo quando alguma coisa lhe machucava, eu agora aqui estou para lhe oferecer o meu colinho. Não resista, deixe-me abraçá-la com o mesmo amor de antes! Você nunca teve este rancor, mas, infelizmente, se deixou levar por suposições equivocadas que estão lhe colocando em uma condição de grande sofrimento. Minha querida, não se aparte daqueles que lhe amam verdadeiramente. Os reencontros na Terra têm como finalidade o crescimento espiritual. Você e Dimitri têm compromissos milenares a cumprir, assim como Catarina, Igor, Karina e nosso amado Aleksander, que lamentavelmente ainda vibra em faixas de ódio e vingança. Abra seu coração, minha menina, deixe a luz do amor iluminar seus passos.*

Após ligeiro tremor, Catarina sentiu que fora envolvida por um amor enorme, mas não tinha conhecimento do que havia se passado.

165

Anna, envolvida pela luz e pelo amor da avó, ouvira tudo com profundo respeito e silêncio e, tocada no fundo de sua alma por aquela energia, abraçou a irmã, envolta em lágrimas.

Ambas se reencontraram naquela circunstância amarga, mas agora sentiam que se quebrava uma algema que as prendia de forma odiosa. E não entendiam por que razão aquilo tudo começara. Na verdade, sempre haviam se dado muito bem, e o desentendimento começara na fase adulta, quando Igor chegou em suas vidas.

Aleksander foi impedido por Valentim de deixar o ambiente, pois aquele encontro de amor entre espíritos em redenção haveria de levar a ele uma energia de paz. Ele foi contido pelos fluidos dos mensageiros ali presentes. Mas, tão logo foi liberado, partiu em desabalada carreira para se encontrar com Valeri, que havia procurado se afastar daquele local desde o momento do acidente.

Depois daqueles momentos de comoção, Anna e Catarina conseguiram conversar mais calmamente, e Igor pôde relatar a Anna, em detalhes, todo o ocorrido.

A presença de Valentim renovou a atmosfera espiritual e possibilitou a Dimitri permanecer ali em espírito, envolvido em energias renovadoras, para que ao despertar pudesse sentir aquele amparo.

O entendimento voltou a reinar entre as irmãs, e Anna se esforçou para que seus sentimentos com relação a Igor pudessem ser normalizados. No fundo, ela amava o cunhado, mas diante de toda a trajetória que se desenhara a cada um deles, deixara-se dominar pelo ódio, insuflado pelo esposo, que na realidade era um desafeto de Igor.

Catarina e Igor se colocaram à disposição de Anna e se preparavam para se retirar quando ouviram o gemido de Dimitri. Ficaram sem saber que atitude tomar e permaneceram ali em silêncio. Anna se dirigiu ao leito onde ele se encontrava, procurando ser útil, levando seu apoio.

— O que você está sentindo, Dimitri? Muita dor? O que eu posso fazer? Igor e Catarina estão aqui. Podem vir até você? Eles também querem nos ajudar.

Dimitri tentou se levantar, mas não sentiu as pernas. Levantou os braços, em movimentos descoordenados, e aos gritos disse que não queria ver ninguém.

Anna fez um gesto para que eles se retirassem e foi atendida prontamente.

— Dimitri, se acalme, por favor. Vou trazer os remédios que o médico deixou aqui e que irão aliviar suas dores.

Assim, foi até a cozinha e preparou a medicação.

Graças aos medicamentos, Dimitri adormeceu profundamente. Desta vez, liberto do corpo em repouso, buscou reencontrar Aleksander. Pretendia cobrar do filho o fracasso do plano arquitetado.

Aleksander se apresentou ao pai. Antes que ele dissesse algo, começou a insultá-lo, dizendo que Igor outra vez havia levado a melhor.

— *Novamente o fracasso! E eu esperei que desta vez nós pudéssemos acertar as contas com Igor, mas vi que ele sempre consegue o que quer! Que decepção!*

Dimitri notou que, mesmo sendo seu filho, Aleksander conseguia despertar nele um sentimento de raiva. Era uma mistura de amor e ódio. Perguntou, colérico:

— Onde está Valeri? Tenho certeza que nos traiu!

Aleksander intuiu que o pai poderia ter razão. Onde estava Valeri?

20

Aleksander ficou parado por alguns instantes e procurou colocar os pensamentos em ordem.

— *Tenho procurado encontrá-lo e não consigo. É isso mesmo! Ele nos traiu! Deve ter sido ele quem levou Wladimir para atrapalhar nossos planos. Pai, de onde Valeri nos conhece? Como começou nossa história de vingança? Eu não estou conseguindo localizar em minha mente em que época eu o conheci.*

Com uma sonora gargalhada, Valeri se apresentou:

— *Estão falando de mim? Sabem por que não se lembram de nossas ligações? Porque são dois incompetentes, dois principiantes que pensam que podem fazer o que eu faço! Eu vou refrescar sua memória. Estão dispostos?*

Dimitri, há séculos, em Roma, fomos irmãos. Competíamos em tudo. Você sempre foi muito invejoso! Conheci Anna, que naquela vivência chamava-se Carmela, e me apaixonei por ela. Como você desejava tudo o que poderia me fazer feliz, acabou se declarando a ela, jurando amor eterno. Astuto, conseguiu simular um acidente fatal, onde encontrei a morte. Depois de algum tempo, casou-se com ela, mas foram profundamente infelizes. Mesmo depois de morto, eu não lhes dei trégua. Foram muitas décadas de sofrimento para todos nós. Assim, vários sentimentos foram desabrochando em nossas almas.

Carmela não amava nenhum de nós dois. Ela amava Igor, que naquela ocasião chamava-se Sálvio e estava comprometido com aquela que hoje é Catarina. Por esse motivo, ela reencarnou perto de Igor várias vezes, inclusive como sua filha, na tentativa de superar este sentimento que mais se aproxima do egoísmo, que ela, no entanto, chama de amor.

Como você vê, não tenho motivo algum para gostar de você ou de Igor. Como seu filho Aleksander estava disposto a um acerto de contas, aproveitei a oportunidade. Não tenho nenhum compromisso em ajudar vocês em nada, muito pelo contrário, o que quero é que você seja muito infeliz, sempre e sempre. Quanto a seu filho, me é indiferente. Adeus.

Aleksander tentou impedir Valeri, mas nada conseguiu, pois ele já desaparecera naquela névoa cinzenta que os envolvia. Dimitri estava atordoado com tudo aquilo. Ainda não tinha condições de retornar àquele passado citado por Valeri.

— Pai, apesar de não termos alcançado nosso objetivo, não vou deixá-lo só. Pode contar comigo para cobrar de Igor mais este infortúnio.

— Agora, mais do que nunca, preciso me vingar dele. Será mais difícil, mas vou conseguir.

Em sobressalto, Dimitri despertou daquele sono atribulado, porém manteve o silêncio, pois Anna já ressonava após aquele dia trágico.

Em poucos dias, as dores suavizaram, mas o diagnóstico do médico se confirmou. Dimitri não tinha mais os movimentos das pernas. Isso lhe trouxe profundo desespero, ao pensar como seria o seu futuro.

Os seus dois únicos amigos, aqueles mesmos que haviam danificado o andaime, levaram a ele seu apoio, dizendo que só podia ser um castigo de Deus, pois o que haviam preparado para Igor acabara dando errado.

— Não digam bobagem! Igor é falso e dissimulado, e Deus não teria motivos para protegê-lo. Cheguei a pensar que vocês pudessem ter deixado escapar alguma coisa, e isso teria chegado aos ouvidos de Igor. Esse, por sua vez, teria informado o senhor Wladimir, que ordenou que eu subisse, sabendo que algo ruim aconteceria. Estou certo?

— De jeito nenhum! Não comentamos com ninguém, porque seria nossa ruína. Como você foi capaz de um pensamento como esse?

— Estou acostumado a levar pauladas da vida, mas nunca perdoarei. E conto com a ajuda de vocês para fazer com que Igor pague por tudo o que me aconteceu. Estamos juntos neste lamaçal, e agora precisamos ir até o fim!

Com a chegada de Anna, mudaram de assunto. Os dois amigos informaram a ela que pensavam em fazer um tipo de cadeira em que Dimitri pudesse se acomodar. E mais, haveriam de encontrar uma forma de tirá-lo de casa.

Anna agradeceu e disse que também buscava uma forma de poder ajudar.

Quando os dois homens se retiraram, Anna comunicou a Dimitri que estava voltando da casa do senhor Wladimir. Fora pedir trabalho, pois lembrara-se que há poucos dias havia falecido uma das arrumadeiras.

Dimitri mais uma vez sentiu o ódio alimentar seus pensamentos de vingança, porém calou-se. Haveria de fazer algo para destruir Igor. Neste momento, Aleksander aproximou-se com ares de vitória e sugeriu ao pai que deveriam responsabilizar Igor de alguma forma. Mais, deveriam fazer chegar aos ouvidos do senhor Wladimir que o acidente havia sido planejado para que ele fosse a vítima. E Igor fora quem planejara isso.

Essa ideia foi imediatamente captada por Dimitri, que ficou entusiasmado com a hipótese de seu inimigo cair em desgraça com o senhor Wladimir. Começou a planejar como tecer esta teia na qual envolveria aquele a quem tanto odiava.

Então lembrou-se que o conde havia comparecido com a esposa em uma das festas realizadas na propriedade, e ela gentilmente se aproximara de Catarina e Igor, chamando Wladimir para participar da conversa. Como ele ficara viúvo há algum tempo, procurava dedicar-se exclusivamente ao trabalho, mas naquela oportunidade decidira fazer parte do festejo.

Dimitri lembrou-se que ficara distante daquele pequeno grupo, mas notara que o senhor Wladimir fora extremamente gentil com Catarina, e certamente isso não havia passado despercebido a Igor.

— Pronto! Encontrei o ponto inicial para fechar o cerco!

Pediu a Anna que chamasse os dois amigos para saber se eles já estavam providenciando a cadeira que haviam prometido, a fim de que pudesse se acomodar mais facilmente. Mas na verdade pretendia envolvê-los no plano macabro.

Dimitri relatou todo o plano aos amigos. No início, ficaram assustados, porém, diante da promessa de receber um bom dinheiro e poder ir embora, acabaram aceitando. Dimitri havia economizado uma quantia, pois, antes de decidir casar com Anna, pensara em deixar aquele local e partir, como haviam feito seus irmãos, em busca de outro tipo de vida.

No dia seguinte, os dois homens começaram a fazer comentários, conforme Dimitri havia orientado. Entre os outros camponeses, o assunto foi se alastrando, de forma que, em pouco tempo, corria o boato que Igor tinha ciúmes do senhor Wladimir, pois considerava que ele havia se mostrado excessivamente gentil com Catarina. Tanto que sua esposa tinha uma vida bem reclusa, por ordem dele. Por esse motivo, havia preparado uma cilada para o senhor Wladimir, sabendo que ele verificaria pessoalmente o resultado do trabalho nos silos. Mas, infelizmente, quem se dera mal fora Dimitri.

Dentro de poucas semanas, o comentário chegou aos empregados da casa de Wladimir, onde Anna estava trabalhando. Quando ouviu isso, ela ficou extremamente nervosa, porém nada disse.

Ao chegar em casa, estava perturbada. Imediatamente contou a Dimitri o que ouvira. Ele procurou demonstrar enorme surpresa e disse à esposa que isso não poderia ficar assim. Eles precisavam levar aquilo ao conhecimento de Wladimir, o mais rápido possível.

No dia seguinte, a própria Anna decidiu pedir permissão para conversar com o senhor Wladimir. Então relatou os comentários que fervilhavam entre os camponeses. Evidentemente, cada um acrescentava sua interpretação, mas tomavam cuidado para que esse assunto nunca viesse à tona na presença de Igor.

Wladimir buscou se manter impassível. Era um homem acostumado a enfrentar todos os tipos de situação, e não fez nenhuma observação. Agradecendo, dispensou a presença de Anna.

Naquele mesmo instante, os dois amigos de Dimitri deixavam sua casa, levando a quantia de dinheiro prometida. Deixaram às pressas a pequena moradia que ocupavam, saindo o mais rápido possível da propriedade do conde. Tudo acontecia conforme o planejado. Os dois homens não tinham família, e ninguém sabia ao certo de onde eles tinham vindo. Haviam sido aceitos para o trabalho na época da última colheita, mas nunca haviam se entrosado completamente com os outros camponeses.

Naquela tarde, ao retornar pra casa, Anna ouviu de Dimitri a parte final da história forjada. Ele lhe disse que os dois homens haviam levado a cadeira onde poderia se acomodar e a ofereceram junto com um pedido de perdão, pois tinham sido os autores da adulteração do andaime, por ordem de Igor. Fizeram isso e se foram, amedrontados com as consequências de seu ato.

Anna mais uma vez aceitou toda aquela história. No seu inconsciente, guardava a mágoa de ter sido rejeitada pelo cunhado, tanto na encarnação atual como no passado.

Rapidamente, a notícia que os dois homens haviam praticamente fugido da propriedade chegou até o senhor Wladimir, que então ligou os fatos relatados por Anna à fuga ocorrida.

Imediatamente mandou chamar Igor.

21

Igor foi recebido friamente pelo senhor Wladimir, que o chamou em seu escritório. Surpreso, ouviu a pergunta feita secamente:

— Você tem algum motivo para queixas quanto ao trabalho? E quanto a minha pessoa?

Igor não entendia o sentido daquelas palavras, mas respondeu de forma tranquila, afirmando que gostava muito do que fazia e tinha um profundo respeito por ele, Wladimir.

— Em algum momento fui desrespeitoso com você ou com Catarina? — insistiu Wladimir.

— De modo algum, senhor. Eu o conheço e lhe sou grato pela oportunidade do trabalho.

— Então, por que você planejou aquele acidente que seria destinado a mim?

— Senhor Wladimir, não estou entendendo o que o senhor quer dizer. Que acidente? Por acaso o senhor se refere ao acidente em que Dimitri se envolveu? Em nome de Deus, jamais eu seria capaz de uma coisa dessas, nem com o senhor, nem com ninguém!

— Mas o comentário é geral em toda a nossa comunidade! E mais, os seus dois cúmplices fugiram há pouco, depois de pedir

179

perdão a Dimitri e confessar que o ajudaram a danificar o andaime que seria utilizado por mim para verificar o serviço.

– Senhor Wladimir, em nome da minha família, de tudo o que é mais sagrado para mim, eu seria incapaz de uma atitude como esta – respondeu Igor, trêmulo diante de tudo aquilo.

– Igor, confesso que estou surpreso, pois sempre considerei você uma pessoa decente e, no fundo, não quero acreditar nisto tudo. Porém, não posso negar que o acidente aconteceu, houve uma vítima quase fatal, a fuga dos homens que praticaram a ação, e o comentário que passa de boca em boca me obriga a tomar providências. Na realidade, deveria entregá-lo às autoridades. Mas não me sinto totalmente convencido, embora os fatos estejam muito claros. Por esse motivo, você deve deixar esta propriedade imediatamente.

Igor sentiu-se arrasado. Estava vivendo um pesadelo. Como comunicar tudo aquilo para Catarina? Para onde ir, assim, de repente?

O senhor Wladimir apontou-lhe a saída e virou o rosto para o outro lado.

Na verdade, Igor sabia que deveria sair com a roupa do corpo, pois até a carroça que utilizava pertencia ao conde. Saiu cabisbaixo e dirigiu-se imediatamente à casa de Mikhail, que era para ele um verdadeiro irmão mais velho.

Mikhail já o esperava na porta.

– Entre, meu amigo, nosso querido Valentim já me informou de todo o ocorrido e pede que você mantenha a calma, pois a rota do crescimento espiritual é dolorosa, mas ninguém está desamparado. Vamos até sua casa.

Chegando em casa, Igor pediu a Catarina que ouvisse com calma e relatou o que acontecera na casa do senhor Wladimir. Mikhail pediu a todos que se unissem em uma oração, para que aquele momento doloroso fosse superado com o amparo de Deus.

— Catarina, você sabe que eu jamais faria isso, não é mesmo?

— Claro — respondeu Catarina, em lágrimas. — Quem o conhece jamais poderia crer em tamanho absurdo. Tem alguma coisa errada em tudo isso!

— Meus filhos — disse Mikhail — nosso amigo Valentim gostaria de dirigir alguma palavras a vocês.

— *Queridos meus, lembram-se que há pouco tempo vocês foram alertados que estavam diante de provas difíceis? Pois bem, inicia-se agora este período amargo, mas que os conduzirá à redenção! Não desanimem, peço-lhes em nome de Deus!*

Igor, amargurado como estava, desta vez não conseguiu abrir seu coração. Mesmo diante daquela presença amorosa, sentiu que estava sendo injustiçado. Alguma coisa dentro dele lhe dizia que Deus permitira que ele fosse julgado por algo que não cometera. Não era justo!

Mikhail notou o transtorno do amigo e sugeriu que eles buscassem refúgio na casa dos pais de Catarina. Era o único caminho seguro àquela hora. Dispôs-se a ajudá-los. Sabia que no fundo o senhor Wladimir também estava sofrendo, pois tinha apreço por Igor.

Despediu-se prometendo ajudar e foi até a casa da administração, onde pediu para ser recebido por senhor Wladimir. Dentro de alguns instantes, estava diante daquele homem que a maioria dos camponeses temia.

– Senhor Wladimir, perdoe-me por vir importuná-lo, mas em nome de todos estes anos de trabalho nesta comunidade, peço-lhe a gentileza de permitir que eu conduza Igor e sua família para fora da propriedade, utilizando a carroça grande para levá-los a um lugar seguro. Sei que o senhor é um homem justo e descobrirá toda a verdade, embora as aparências indiquem que algo terrível teria sido planejado por Igor. Mas Deus desvendará toda esta história. E é em nome deste Deus que eu lhe peço que me permita ajudar.

Wladimir calou-se por alguns segundos. Em seu íntimo, concordava com as palavras de Mikhail, mas nada comentou. Limitou-se a dizer que permitia aquela ajuda, retirando-se em seguida.

Mikhail, na velocidade de um relâmpago, retornou à moradia de Igor e comunicou a ele que o que havia conseguido do senhor Wladimir demonstrava que nem mesmo ele estava convicto daquela história, mas evidentemente precisava tomar aquela atitude extrema.

Todos sabiam que Wladimir não era um homem que perdoasse alguém. Surpreenderam-se, portanto, quando decidira não entregar Igor às autoridades. Mesmo sendo apenas suspeito, Igor poderia ser preso.

Naquele mesmo dia, levando os poucos pertences que possuíam, Igor e a família foram conduzidos por Mikhail, em sua carroça, ao vilarejo onde residiam os pais de Catarina. Foram recebidos com alegria. Porém, ao ver que tinham ido para ficar, Ivan e Waleska ficaram surpresos.

22

Após os cumprimentos, Igor pediu a palavra para relatar o acontecido. À medida que citava os eventos ocorridos desde o momento em que o senhor Wladimir havia convocado a ele e a Dimitri para a construção dos novos silos, seu sogro se alterava.

Quando informou que Dimitri estava inválido, houve um mal-estar geral. A mãe de Catarina, senhora Waleska, sentiu-se desfalecer. O pai ficou titubeante. E ambos perguntam ao mesmo tempo:

— O que será de Anna, diante disso?

Depois de superado o primeiro impacto, Igor continuou a narrativa, pois precisaria tocar no ponto crucial, aquela suspeita infundada apresentada pelo senhor Wladimir. Ao citar todos os detalhes, agora era Igor que se exaltava, tremia, e lágrimas vieram a seus olhos.

— Senhor Ivan, até agora estou pasmo com as afirmativas que ouvi do senhor Wladimir. É absolutamente mentirosa esta história. Mas uma coisa me intriga. Como foi que isso aconteceu? Alguém realmente danificou o andaime. Mas quem? Com que intenção? A quem era destinado aquele acidente?

Valeri aproximou-se de Igor e lhe disse aos ouvidos:

— *Era para você, seu paspalho! Não percebeu? Foi você quem convidou senhor Wladimir, para que ele subisse ali? Quem deveria ter feito isso? Não seria você quem subiria? E quem desejava o seu mal ali? Com quem você sempre teve problemas? Acordou? Percebeu?*

Embora não ouvisse o espírito, envolvido por aquela vibração tão negativa, perguntou-se em voz alta:

— Meu Deus! Dimitri! Será possível? Deus me ajude! Não quero julgar!

Ao mesmo tempo que tentava refutar estas ideias, algo dentro dele dizia que esta era a única explicação lógica para o acontecido. Dimitri não escondia em momento algum o seu descontentamento com toda aquela situação.

Igor, espírito em aprendizado, como todos do grupo, trazia pontos negros em seu íntimo, os quais deveriam ser burilados, mas naquele momento, diante daquela hipótese, sentia-se em um imenso labirinto onde se debatia com ideias nefastas que o empurravam para os sentimentos de ódio e desejo de vingança.

Tudo isso aconteceu em alguns segundos, mas lhe pareceu uma eternidade. Transpirava e sentia-se fora daquele ambiente.

— Igor, o que houve? Você está pálido, trêmulo. O que está sentindo?

— Por favor, pare um pouco com este assunto. Deixe-me buscar um copo com água.

Depois de um curto espaço de tempo, Ivan perguntou ao genro:

— Podemos continuar agora? Você está mais calmo?

— Sim, quero chegar até o final desta história, para que vocês compreendam os motivos que nos trouxeram até aqui.

Igor conseguiu chegar ao final do relato. Não omitiu nenhum detalhe. Comentou inclusive o suposto sentimento de ciúmes que teria com relação a Catarina e o senhor Wladimir. Neste ponto, a própria Catarina sentiu-se muito incomodada, pela indignidade daquele boato. Vieram à sua mente lembranças que clarearam os motivos daquele comentário e que fatalmente acabavam se ligando ao dia em que Anna e Dimitri haviam se conhecido. Era completamente infundado, porém mostrava de maneira sutil que ali poderia haver o dedo do cunhado. Mesmo assim, havia em tudo aquilo alguns pontos muito obscuros.

Catarina momentaneamente sentiu um calafrio, mas procurou disfarçar.

Mikhail era considerado um irmão querido, tanto por Igor como por Catarina. Por isso estava presente. Embora calado, transmitia paz aos amigos. Sentiu a presença de Valentim, que lhe pedia para apoiar aqueles filhos que tanto amava.

— Igor, meu caro irmão, a verdade virá à tona. Enquanto isso, procure acalmar-se. Não deixe que esses sentimentos que começam a aflorar o façam perder a oportunidade de evolução. Amigos, preciso me despedir. O entardecer vai trazer chuva, sem dúvida.

Abraços, agradecimentos e lágrimas deixaram aquela hora envolta em tristeza, mas ao mesmo tempo todos sentiam certa paz a inundar seus corações.

Anna tomara conhecimento de que senhor Wladimir havia determinado a imediata retirada de Igor e sua família daquela propriedade. Temia por sua irmã, mas, por outro lado, algo lhe dizia:

— Tiveram o que mereceram!

Ao retornar para casa, informou a Dimitri tudo o que ocorrera. Ela não percebeu o sorriso de satisfação que se estampou naquele rosto sombrio. Contou os detalhes que fervilhavam em sua cabeça e, por fim, comentou que não sabia para onde eles teriam ido. Não sabia se Mikhail havia conseguido permissão para ajudar aquela família.

Depois do jantar, mesmo cansada, cuidou para que a limpeza da casa e das roupas não ficasse a desejar.

Anna e Dimitri haviam criado um método para que ele conseguisse se deslocar para a cama, com o auxílio dos braços e o amparo da esposa. Era muito cansativo, mas após aquele esforço ele já estava acomodado.

Anna percebia que sua vida havia tomado um rumo inesperado. Começava a desanimar. Perguntava-se se teria dado um passo errado ao estar ali. A resposta veio rápido em sua mente:

— *Errou sim! Você agora poderia estar na casa de seus pais, como estão sua irmã e a família dela!*

— Não é possível. De onde tirei esta ideia?

Os pensamentos de Anna estavam fervilhando.

Procurou dormir. No dia seguinte, seguiria a rotina. Afastando-se rapidamente do corpo físico – entregue ao repouso, adormecido – o pensamento a levou à casa dos pais. Na entrada da residência, Aleksander a aguardava:

— *Veio depressa... Quer se certificar? Entre e verá que aqui estão os verdadeiros responsáveis por seus sofrimentos.*

Anna deparou com a irmã, fora do corpo, e a interrogou:

— O que você está fazendo aqui? Você acha que nossos pais têm obrigação de acolher vocês, depois de tudo?

— Anna, por favor, me ouça. Toda esta história é mentira. Não sei como, mas tudo isso foi forjado por alguém que quer o nosso mal a todo custo.

— Não me venha com ladainha! Seu marido demonstrou o mau caráter que é. Apenas confirmou tudo o que Dimitri já havia me falado a respeito dele!

Valentim surgiu e abraçou as duas irmãs, pedindo que não se deixassem levar por um sentimento que não deveria existir entre elas. Ele as envolveu com seu amor paternal, e, em poucos minutos, ambas retornaram a seus corpos, onde despertaram conservando a lembrança daquele encontro, embora sem os detalhes de tudo o que fora dito por ambas.

23

Logo na manhã seguinte, Igor foi buscar serviço no vilarejo. O sogro, Ivan, o conduziu até um velho conhecido seu, o senhor Andrei, que estava precisando de alguém com experiência em construção, pois precisava construir algumas moradias para os colonos.

Feitas as apresentações e algumas perguntas quanto à experiência de trabalho, Igor conseguiu a oportunidade, o que o deixou mais tranquilo.

Começou a trabalhar naquele mesmo dia. Quando acabou, sentiu-se feliz e, olhando para o céu, agradeceu a Deus pela ajuda recebida.

Um mês se passou. Naquela manhã ensolarada, Igor teve um encontro surpreendente. Estava de costas quando o senhor Andrei o chamou para dizer que havia contratado mais dois homens, para aumentar a produtividade, e gostaria que trabalhassem juntos.

Igor levou um susto, e o mesmo aconteceu com os dois homens. Lembrou-se que eles haviam deixado a propriedade do conde de maneira inesperada, mas nada perguntou. Todos fizeram o seu trabalho, procurando evitar conversas.

Os homens não podiam demonstrar o que estavam sentindo, pois estavam sem dinheiro, e aquele trabalho seria muito útil para eles. Igor sequer imaginava o que eles haviam feito. Pensou que não seria nada gentil lhes perguntar porque haviam abandonado o trabalho anterior.

Naquela noite, comentou o fato com Catarina, que sem saber por que sentiu algo estranho.

Uma semana se passou. Os homens estavam trabalhando em um espaço pequeno, onde aparentemente não havia mais ninguém. Igor estava do outro lado, dando acabamento a uma parede, porém não foi visto. De repente, ouviu vozes um pouco alteradas e começou a prestar atenção.

— Vamos embora daqui. Não consigo olhar para a cara do Igor e pensar que nós preparamos o acidente para ele e no final o diabo interferiu e acabou dando o contrário. E ainda cumprimos as ordens de Dimitri alardeando aqueles comentários para incriminá-lo!

— Cale a boca! Se alguém escuta, estamos perdidos! Dimitri é vingativo. Mesmo inválido, daria um jeito de acabar com nossas vidas!

Igor sentiu-se desfalecer. Não era possível! Estaria em seu juízo perfeito? Estava ouvindo coisas!

— Fique quieto, não temos para onde ir! Em tão pouco tempo, você conseguiu acabar com o dinheiro que recebemos de Dimitri. Agora precisamos trabalhar para juntar alguma coisa e dar o fora daqui também!

Igor percebeu que um dos dois era mais sensível. Deveria aproximar-se dele para descobrir o que fora planejado. Assim, permaneceu em silêncio. Quando percebeu que os homens haviam deixado aquele local, também se retirou. Começou a pensar em como se aproximaria deles.

A sorte lhe sorriu, pois ambos estavam preparando a massa para a continuidade do serviço, quando ele ofereceu ajuda. Eles olharam um para o outro e aceitaram. Igor falou de banalidades, e eles também citaram coisas corriqueiras. Em dado momento, um deles fez a pergunta esperada por Igor:

— Por que você está aqui? Não tinha uma boa colocação na propriedade do conde Nicolai?

— Ah! É uma história comprida. Posso lhe contar em outro momento. Agora preciso fazer o que ficou faltando da tarefa do dia.

Igor inventou esta desculpa porque não sabia exatamente o que deveria responder.

No dia seguinte, seria inevitável que os três permanecessem juntos, em virtude do serviço a ser realizado. Igor pensou que aquela seria sua oportunidade de investigar.

— Vocês trabalharam por pouco tempo lá na propriedade do conde. Houve algum motivo para sua saída? Desentenderam-se com alguém?

— Sim e não! — respondeu o mais velho.

— Não entendi! Vocês trabalhavam no grupo chefiado pelo Dimitri, não é mesmo? — perguntou Igor, com bastante naturalidade. — Houve algum problema entre vocês?

— Quando eu disse que sim, me referi ao modo como Dimitri nos tratava. Quando disse não, foi porque resolvemos deixar tudo para trás antes de tirar satisfações com ele.

— Mas não foram esses os comentários feitos pelos camponeses.

— Não? Que tipo de comentários você ouviu? Será que o safado ainda quis nos recriminar?

— Exatamente! — completou Igor, sentindo que estava provocando nos dois uma reação de desconfiança com relação a Dimitri.

— Os comentários não são muito favoráveis a vocês. Pelo que fiquei sabendo, há uma dúvida a respeito daquele acidente em que Dimitri se vitimou. Pelo que dizem, vocês estão envolvidos, e sua intenção era justamente prejudicar o senhor Wladimir, pois julgavam ser ele o responsável pelos desaforos que aguentavam só por estarem ali há pouco tempo, sem boas referências. Além disso, sabiam que em breve seriam dispensados por ele.

— Você está vendo? — disse o mais velho. — Eu cheguei a lhe falar para não se envolver com Dimitri, mas você, por dinheiro, fica cego!

— Alto lá! Você também concordou em fazer o que ele queria! Afinal, ele nos garantiu que não corríamos nenhum risco!

Igor, mostrando-se indiferente, comentou:

— O que posso dizer a vocês é que tomem cuidado. O caso foi levado às autoridades. Como vocês saíram daquelas terras de uma forma meio sorrateira, são suspeitos! Se quiserem minha ajuda, estou à disposição. Ainda tenho alguns amigos por lá.

— E você, por que saiu de lá?

— Ah! Minha esposa tem a mãe doente, como vocês sabem, e Catarina precisava estar próxima. O caso se agrava a cada dia. Por esse motivo, resolvemos ficar junto dela, pois minha esposa chorava todos os dias — disse Igor, com ares de compaixão.

Todos jogavam com as palavras. Cada um precisava saber até que ponto o outro tinha conhecimento da verdade. Era um jogo de espera. Por isso, Igor inventara aquela história, para se justificar.

— Igor, pouco o conhecemos, mas acho que precisamos abrir o jogo com você. O que houve é que Dimitri queria lhe pregar um susto e nos pediu que, na calada da noite, despregás-semos alguns pontos importantes do andaime, de modo que você cambaleasse ao subir. E poderia cair ou não. Ele ainda disse ter certeza que seria somente um susto, pois você é ágil. Aconselhou que não estivéssemos presentes naquela manhã. E nos deu uma soma em dinheiro. Quando tudo deu errado, ficamos muito ame-drontados. Tentamos nos aproximar de Anna, construindo uma cadeira onde Dimitri poderia se acomodar para não ficar na cama o tempo todo. Mas percebemos que em algum momento ele nos prejudicaria. Dimitri se revelou muito vingativo. Por esse motivo, acabamos fugindo sem nada dizer a ninguém. Agora, o destino nos juntou. Vimos que você não é aquele mau caráter que Dimi-tri nos mostrou. Como você já não faz mais parte daquele tra-balho, o certo é você saber da verdade. Já que resolveu viver aqui no vilarejo, sem dúvida terá dias melhores. Queremos lhe pedir perdão pelo que poderia ter acontecido.

Igor ouviu a tudo e procurou disfarçar o sentimento de raiva que teimava em desabrochar em seu coração. Disse aos homens que esqueceria tudo aquilo e que eles deveriam fazer o mesmo.

Ao retornar ao convívio da família, chamou Catarina para lhe relatar todos os fatos. Ela ficou estarrecida, e a primeira coisa que lhe veio à mente foi a dúvida se sua irmã saberia de tudo aquilo ou não. Seria conivente?

— Igor, devemos contar a meu pai. Ele é homem justo, certamente poderá nos ajudar a pensar melhor sobre esses fatos lamentáveis — disse Catarina, ainda chorosa.

— Será que ele vai aceitar esta verdade? Afinal, ele conhece pouco Dimitri — respondeu Igor. — Seria mais prudente aguardarmos mais um pouco.

Aquela noite foi bastante agitada para o casal. Igor e Catarina não conseguiam se desligar daquela descoberta e se perguntavam o que deveriam fazer. Adormeceram e, logo em seguida, em espírito, dirigiram-se à casa de Dimitri. Ao chegar, sentiram a atmosfera fluídica bem densa, comprometida. Aleksander, à porta, não os identificou. Ambos ignoravam que Valentim os amparava, protegendo-os das vibrações negativas que ali se acumulavam e também do assédio do obsessor.

Nesse meio tempo, Dimitri, em espírito, apresentou-se diante de Aleksander. Vinha com a intenção de pedir ao filho que agisse contra Valeri, embora ele mesmo desejasse acertar as contas com o obsessor, porém, encarnado, encontrava-se impossibilitado de agir contra ele.

— Aleksander, o que mais desejo é encontrar-me com Valeri. Depois de tudo o que ele disse, ficou em mim uma dúvida: Quem é pior, ele ou Igor?

— *Pai, eu posso lhe assegurar que o meu problema maior é Igor. Posso lhe garantir que ele ainda vai me pagar com juros tudo o que me deve!*

Igor e Catarina puderam enxergar Valentim, que os convidou a permanecer atentos e serenos para não serem vistos por Dimitri ou por Aleksander.

— *Meus queridos, vejam que Anna permanece ligada ao corpo. Ultimamente, tem tido muita dificuldade para se desprender, por alimentar medo e descontentamento quanto à situação que vivencia. Mesmo assim, vocês poderão se aproximar dela. Se liguem a Deus e se aproximem, procurando demonstrar carinho, apesar dela nutrir muita mágoa por vocês.*

— Anna, minha irmã — arriscou Catarina, temerosa da reação da irmã.

— Você em minha casa? Veio rir outra vez do meu sofrimento?

— Pelo contrário. Vim trazer o meu carinho, amizade e apoio — Catarina encorajou-se ao dizer estas palavras. — Você é minha irmã querida, mesmo depois de tudo o que aconteceu!

Anna desabou em choro sentido e, abraçando a irmã, pediu sua ajuda!

— Catarina, não estou aguentando mais esta situação! Me ajude, sim!

24

Na manhã seguinte, Catarina acordou com uma imensa vontade de ver a irmã. Conversou com Igor e também com seu pai.

Contou para a família aquele "sonho" que tivera e disse ter certeza de que Anna estaria precisando de ajuda.

— Catarina, você sabe que eu não posso mais pisar naquelas terras!

— Igor, eu poderia ir com meu pai. Afinal, Anna e Dimitri ali residem. Não creio que seríamos impedidos de visitá-los. Somos da família.

Os pais de Catarina nada sabiam a respeito das descobertas de Igor com relação ao acidente. Ficou decidido que manteriam segredo a esse respeito.

— Bem, vamos aguardar o melhor momento para a ida de vocês — Igor concordou.

Enquanto isso, na propriedade do conde, o assunto foi proibido em todos os lugares. O senhor Wladimir ordenou que nada mais deveria ser comentado, e os camponeses obedeceram prontamente.

Dimitri se mostrava cada dia mais irritado. Por mais que Anna procurasse se desdobrar entre o trabalho na casa da administração e seu próprio lar, ele a ofendia com palavras ásperas. Começou a se formar em sua cabeça a ideia que precisava ter uma arma junto de si, pois ficava sozinho a maior parte do dia e temia que os dois homens que o haviam ajudado pudessem voltar para exigir mais dinheiro. Mas, para Anna, não poderia falar sobre isso com clareza. Deveria apenas mostrar a ela essa necessidade, até para se defender de algum malfeitor que pudesse sorrateiramente entrar em sua casa sabendo que ele estava impedido de qualquer reação.

Assim, disse a Anna toda aquela tese já preparada, e ela aceitou como real sua preocupação. Deixa com ele a arma, supondo que seria para sua defesa, diante de qualquer perigo que se apresentasse.

Depois de uma semana, Catarina e seu pai comunicaram a Igor que sentiam ser aquele o melhor momento para visitar Anna e Dimitri e ver se precisavam de ajuda. Ficou tudo acertado. Na manhã seguinte, ambos partiriam rumo às terras do conde.

Pai e filha subiram na carroça que iria conduzi-los. Despedindo-se de Karina, que ficaria sob os cuidados da bondosa Nadia, amiga devotada sempre pronta a ajudar a todos, ambos afirmaram que retornariam o mais breve possível, pois não queriam se ausentar por muito tempo.

A viagem foi tranquila, apesar do vento gelado que incomodava. Chegando às terras do conde, ambos ficaram preocupados com algum questionamento que pudesse lhes ser feito. Mas chegaram à casa de Dimitri sem enfrentar nenhum problema.

QUANDO O AMOR VENCE O ÓDIO

O senhor Ivan bateu levemente na porta e ouviu a voz de Dimitri:

— Quem é?

— Sou eu, seu sogro!

— Entre, a porta está apenas encostada!

Para o seu descontentamento, Dimitri notou que Ivan não estava sozinho. Quando avistou Catarina, fechou o semblante e mal olhou para ela.

— Viemos em busca de notícias! Como está Anna?

— Ela trabalha na casa da administração. Dentro de duas horas estará de volta — respondeu Dimitri, contrariado. — Na condição que estou... ou melhor, em que me colocaram, ela precisou fazer a minha parte e a dela, para podermos sobreviver.

O senhor Ivan, que não tinha conhecimento das descobertas de Igor, fez um comentário que deixou Catarina em desespero:

— Eu até pensei que você e Anna poderiam se mudar para nossa casa no vilarejo. Assim poderiam viver melhor! Igor, Catarina e Karina já vivem ali. Se toda a família estivesse reunida, todos nós poderíamos nos ajudar.

Dimitri nada respondeu.

Depois de algum tempo, Anna chegou do trabalho. Ficou surpresa com a visita. Num impulso filial, correu na direção do pai e o abraçou, emocionada. Em seguida titubeou, mas logo quebrou o gelo e abraçou também a irmã.

Porém, ao sentir o olhar frio de Dimitri, retraiu-se e perguntou como estava sua mãe, para superar aquele mal-estar diante da contrariedade do marido.

Anna estava um tanto perturbada, pois não tinha ideia exata de como deveria se comportar. Desde o momento do

205

acidente, Dimitri tornara-se ainda mais amargo e não perdia a oportunidade de lançar sobre Igor e Catarina a suspeita de traição.

O senhor Ivan falou sobre o estado de saúde da esposa e contou para Anna alguns fatos referentes aos moradores do vilarejo. Por algum tempo, a conversa girou em torno de acontecimentos do cotidiano, ocorridos desde que Anna se mudara para sua atual moradia.

O dia findava, e Anna convidou Catarina para terminarem o jantar que ela havia deixado semipronto antes de sair de casa para o trabalho.

O clima entre as irmãs ainda não estava como nos bons tempos. Mas ambas se esforçaram para lembrar coisas boas do passado. Catarina falou de Karina com o entusiasmo de mãe, e assim terminam de preparar o jantar, arrumando a mesa para a refeição.

A cadeira de Dimitri facilitava sua vida, e ele conseguia fazer sua refeição com certa comodidade. Porém mantinha-se calado.

Em dado instante, Ivan perguntou:

— Anna, como está sendo a vida de vocês? O trabalho que você faz na casa da administração dá a vocês condições de vida por aqui?

— Eu ainda tenho alguns recursos. Sempre fui um homem econômico — Dimitri apressou-se em responder. — E com o que Anna está conseguindo, estamos levando a vida.

— Minha filha, eu falei a Dimitri, antes de você chegar, se não seria mais indicado que vocês se mudassem daqui. Poderiam ir para nossa casa no vilarejo, onde já estão Catarina, Karina e Igor.

206

QUANDO O AMOR VENCE O ÓDIO

Novamente Catarina ficou perturbada, mas nada poderia dizer, pois o convite partia de seu pai, que, no amor pelas filhas, procurava amenizar o problema.

Anna ficou surpresa, porém respondeu com evasivas, dizendo que por enquanto estava dando conta das suas responsabilidades.

Dimitri, por sua vez ignorou o convite, para alívio de Catarina.

Terminado o jantar, Anna providenciou uma acomodação simples para o pai e a irmã, pois não seria conveniente retornarem à estrada na calada da noite. Ivan agradeceu e afirmou que retornariam ao vilarejo assim que o dia clareasse, pois não queria preocupar Waleska em razão da demora.

Catarina não conseguiu dormir. Estava penalizada com toda situação. Via sua irmã sofrida, mesmo percebendo que ela havia buscado o tempo todo mostrar o lado bom das coisas. Seus pensamentos giravam em torno do convite que o pai havia feito. E se Dimitri aceitasse, o que seria deles? Sem dúvida nenhuma, ela, Igor e a filha não poderiam mais ficar na casa dos pais.

O dia amanheceu. Para alívio de Catarina, o pai iniciou as despedidas.

— Anna — disse o senhor Ivan — pense no convite que fiz. Penso que seria a melhor solução.

Dimitri se despediu secamente, sem demonstrar nenhuma gratidão pela visita.

Catarina e o pai, ao voltar da viagem cansativa, procuraram relatar tudo o que haviam visto e sentido com relação a Anna e Dimitri. A senhora Waleska deixou rolar algumas lágrimas ao pensar no sofrimento que a filha estaria enfrentando.

Ivan disse à esposa que havia convidado Anna e Dimitri para se mudarem para sua casa, pois também ficara muito penalizado com a situação.

Ao ouvir as palavras do sogro, Igor não fez nenhum comentário, mas logo pensou que precisaria encontrar outro local para morar, o mais rápido possível. Falaria com Catarina sobre isso, pois sentia que a qualquer hora Dimitri e Anna estariam ali.

25

Passaram-se seis meses, e o trabalho que foi contratado pelo senhor Andrei chegou ao fim. Igor conseguira economizar algum recurso, com a intenção de encontrar uma moradia para sua família. Durante esse tempo, não houvera mais contato com Anna e Dimitri.

Um pouco antes do término do serviço, os dois comparsas de Dimitri abandonaram o trabalho, sem deixar pistas sobre seu paradeiro.

Igor tinha um bom caráter, mas depois de todos acontecimentos que haviam marcado seus dias, acabara desenvolvendo certo rancor, e toda vez que se lembrava de Dimitri sentia um desejo de vingança que muitas vezes combatia, mas em outras ocasiões se deixava levar por aquela onda de ódio que teimava em envolvê-lo.

O distanciamento de Mikhail, por intermédio do qual recebia abençoadas orientações espirituais, o deixara mais frágil, vulnerável às influências maléficas. Catarina ainda conseguia se manter mais ponderada, pois tinha o hábito de orar a Deus constantemente, pedindo ajuda a toda a família.

211

Igor conseguiu outro trabalho, mas ainda não era possível se retirar da casa do sogro.

Na propriedade do conde Nicolai as coisas não estavam bem. Dimitri mostrava certo descontrole, e Anna estava bastante fragilizada, começando a ficar sem condições de trabalhar na casa da administração. Estava fatigada. Naquele dia não fora trabalhar.

O senhor Wladimir fazia sua ronda diária pela propriedade e sentiu vontade de parar na casa de Dimitri. Assim, apeou de seu cavalo.

Batendo na porta, foi recebido por Anna, que se surpreendeu.

— Senhor Wladimir? O senhor aqui?

— Anna, você não deveria estar trabalhando?

— Senhor, não estou nada bem. Não tenho forças para o trabalho!

— Mas assim as coisas ficarão bem difíceis! Dimitri inválido, você sem poder trabalhar!

Dimitri, que já se ajeitara na cadeira, ouviu aquelas últimas palavras ditas pelo senhor Wladimir, que ainda estava na porta. Sentiu um ódio tremendo pulular dentro de si.

— O senhor não se esqueça que estou nesta propriedade há muitos anos, e muito fiz pelos interesses do conde, e ele sabe disso.

— Quem lhe deu autoridade para se dirigir a mim desta forma? — respondeu indignado senhor Wladimir. — Sou eu quem responde por esta propriedade e quem cuida dos interesses do conde, e no momento você está sendo um peso morto. Precisaremos encontrar uma solução para isso.

Senhor Wladimir se retirou profundamente irritado, e Dimitri proferiu uma série de palavras ofensivas, inclusive dirigindo-se a Anna, chamando-a de incapaz e irresponsável, por não ter comparecido ao trabalho naquele dia.

Anna saiu batendo a porta. Chorando, foi procurar Mikhail, pois sua fama de bom amigo e conselheiro era conhecida por todos.

— Mikhail, por favor, me ajude! Preciso encontrar uma solução para minha vida.

Depois de contar as palavras trocadas por senhor Wladimir e Dimitri, perguntou:

— O que faço? Meu pai nos ofereceu sua casa como moradia, lá no vilarejo. Achei que não seria necessário, mas agora, diante de tudo isso... O que faço?

Mikhail sentiu a presença de Valentim, que lhe disse:

— Meu amigo, a hora do confronto se aproxima. Não temos como impedir.

— Anna, o que seu coração sugere? – questionou Mikhail, generoso.

— Ah! Mikhail, só em pensar em conviver sob o mesmo teto com Catarina e Igor, me apavoro. Como seria nossa vida, uma vez que Dimitri está certo que Igor é culpado pelo seu infortúnio?

— Mas você sabe que isso não é verdade, não é mesmo?

— Sinceramente, não sei o que pensar. Dimitri assegura que Igor é o culpado. Catarina afirma o contrário. Fico dividida.

— Minha filha, posso dizer com toda certeza que Igor não é o culpado. E o destino já tem seus caminhos traçados. Confie em Deus.

Anna voltou para casa pensando nas palavras de Mikhail. Teria razão?

O dia transcorreu sombrio, e Anna se sentia desanimada, mas sabia que precisaria reagir. Enfrentou o mau humor de Dimitri e procurou se controlar, porque deveria comparecer ao trabalho no dia seguinte.

De manhã, mesmo sem muito ânimo, foi à casa da administração. Estava cuidando de suas tarefas quando o senhor Wladimir mandou chamá-la na biblioteca. Anna sentiu um aperto no peito.

— Anna, analisei friamente a situação em que você e Dimitri se encontram, e sei que você tem pais no vilarejo, que poderão lhes dar acolhida. Dessa forma, devem deixar a propriedade e buscar uma condição de vida diferente. Dentro de dois dias, as nossas carroças poderão levá-los, e você tem esse prazo para informar Dimitri e ajeitar suas coisas.

Anna sentiu um calafrio percorrer todo seu corpo. Lembrou-se das palavras de Mikhail e teve uma rápida vertigem. Senhor Wladimir, que não era afeito a gentilezas, acabou amparando-a para que não fosse ao chão. Imediatamente, chamou a copeira, que auxiliou Anna enquanto ele se retirava.

Anna se recompôs, acomodada em uma cadeira pela companheira de trabalho, que já conhecia os métodos do senhor Wladimir.

Dentro de alguns minutos, deixou a casa, pensando em como daria a Dimitri aquela notícia. Mesmo não sendo muito voltada à religiosidade, pediu a Deus que a ajudasse.

O que fazer? Dimitri representava um fardo pesado. Seria justo para ela carregar esse peso? Sentiu vontade de abandonar tudo. Mas, como seu pai veria essa atitude? Ele a receberia em sua casa, sabendo que ela deixara para trás o marido inválido?

"Meu Deus, o que faço?".

Nesse tumulto mental, seguiu até sua moradia. Ao chegar, flagrou Dimitri mexendo em sua arma como se conjeturasse algo. Assustou-se.

Mecanicamente, relatou a conversa com senhor Wladimir. Enquanto falava, as lágrimas rolaram por sua face cansada, e sua voz ficou embargada. Dimitri ouviu a tudo em silêncio.

Quando Anna se calou, Dimitri deu um sonoro grito:

— Covarde! Injusto! Preciso dar um jeito de me comunicar com o conde. Ele sempre teve grande consideração por meu pai e por mim. Não vai concordar com isso.

— Mas, Dimitri, como poderemos chegar até o conde? Como iremos a São Petesburgo? Temos dois dias para nos ajeitarmos e teremos as carroças à nossa disposição, como falou o senhor Wladimir. Lembra-se de que meu pai nos convidou para irmos com ele? Não pedimos nada, a oferta partiu dele mesmo! No vilarejo, terei oportunidade de conseguir alguma forma de colaborar para nossa sobrevivência. E você ainda tem alguns recursos reservados, não é mesmo?

Dimitri não respondeu de imediato, recordando-se que se desfizera de uma grande quantia ao se comprometer com os dois comparsas que planejaram o acidente destinado a Igor.

— Deixe-me pensar um pouco! Ah! Se eu pudesse ir até o senhor Wladimir e acertar as contas com ele! Se eu não estivesse preso a esta cadeira, nada disso teria acontecido!

— Dimitri, vamos raciocinar com calma. Não temos alternativa, devemos ir para a casa de meus pais. Chegando lá, encontraremos uma forma de vida.

Anna dizia tudo isso impulsionada por uma força que não sabia de onde vinha. No fundo, queria mesmo ir embora sozinha, livrar-se daquele compromisso mal-sucedido. Mas uma mulher casada que abandonasse o marido naquela situação seria condenada por todos.

No plano espiritual, o quadro era sombrio. Aleksander esperava com calma e frieza que seu pai e Anna se resolvessem. Tudo o que ele mais queria era juntar novamente Dimitri, Igor, Catarina e Anna, pois sabia da aversão que reinava entre eles, remanescente de vidas anteriores e agravada pelos acontecimentos atuais.

Aleksander alimentava o pensamento do pai de guardar com carinho aquela arma, para que pudesse se defender no momento certo.

No vilarejo, Igor estava feliz com o trabalho realizava, e já estava prestes a conseguir sua moradia. Mais um ou dois meses e seria possível deixar a casa do sogro, retomar sua privacidade com a esposa e a filha.

— Catarina, penso que em breve teremos nossa própria moradia, e assim não estaremos por aqui, caso algo aconteça lá na propriedade do conde, e sua irmã e Dimitri venham para cá. Digo isso porque esse pensamento está muito vivo dentro de mim. Tenho uma sensação que isso acontecerá logo.

Naquela noite, Catarina e Igor conseguiram se ligar em oração ao Pai da Vida e pediram proteção para eles e toda família. Rogaram a Deus que os livrasse de maiores sofrimentos.

Tão logo adormeceram, foram convidados por Valentim para seguir às margens do rio Neva, onde poderiam conversar.

QUANDO O AMOR VENCE O ÓDIO

— Meus queridos, Deus, nosso Pai, mais uma vez nos reúne para formamos uma aliança de amor e confiança. Como vocês sabem, o processo evolutivo ao qual vocês se dispuseram quando se comprometeram com esta encarnação na Terra é o roteiro que os guia em todos os instantes. A proteção do Pai Amantíssimo se faz presente em todos os momentos!

— Igor você tem se descontrolado em algumas ocasiões, meu filho! Está se deixando levar por aquele sentimento perigoso que já o prejudicou por várias vezes! Onde está aquela coragem e disposição para enfrentar aqueles que o querem prejudicar? Você sabe que o caminho do resgate é árduo, mas luminoso!

— Catarina, filha querida, o encontro programado entre vocês não pode ser prorrogado. É chegada a hora do perdão! Não há como evitar a vinda de Anna e Dimitri para junto de vocês! Busquem mais uma vez as forças divinas para superar as provas que estão por vir.

— Não se esqueçam que Aleksander tudo fará para que a força do ódio os impulsione para novos atos que os farão colocar em risco a oportunidade do crescimento espiritual. Procurem não se deixar envolver pelo rancor ou pelo medo. A oração e a fé darão a vocês o fortalecimento para superar as dificuldades. Fiquem em paz!

Na manhã seguinte, ao comentar seus sonhos, Catarina e Igor perceberam que existia algo em comum na lembrança de ambos. Tinham a sensação que alguém lhes dissera que Anna e Dimitri chegariam ali a qualquer momento.

— Deus, faça com que isso demore um pouco! Precisamos ter nosso próprio local para morar! — confessou Catarina, temendo que o encontro não trouxesse nada de bom.

Na casa de Dimitri, naquela mesma noite, o ambiente estava muito pesado. Ele não conseguia conciliar o sono, e o mesmo acontecia com Anna.

Quase ao amanhecer, Dimitri conseguiu dormir. Mal isso aconteceu, ele se encontrou com Aleksander, que lhe contou sobre a feliz oportunidade que teria ao se juntar mais uma vez com Igor e, agora sim, poder cobrar a antiga dívida.

— *Pai, perceba que as coisas se encaminham para nossa vitória. Sua ida para a casa do senhor Ivan, atendendo ao convite que ele lhe fez, permitirá que Igor perceba que o sogro de vocês fez questão de lhe ajudar nesse período de necessidade. Os boatos que correram aqui poderão ser repetidos lá no vilarejo, e a desmoralização de Igor acontecerá em curto tempo. Quando isso acontecer, os pais de Catarina e Anna vão se compadecer ainda mais de seu sofrimento, e o tratamento dado a Igor se modificará. Pense nisso! Fale com Anna e deixem este local o mais rápido possível.*

Dimitri despertou com aquela sensação que deveria conversar com Anna e aceitar o convite de seu pai. E assim foi feito.

26

Timidamente, Anna foi até a casa da administração e pediu para ser recebida pelo senhor Wladimir. Informou a ele que poderiam deixar a propriedade na manhã seguinte e agradeceu pela permissão de contar com as duas carroças que ele havia colocado à sua disposição.

Naquele dia, Anna se entregou aos preparativos para deixar o local onde vivera por pouco tempo e do qual não levaria nenhuma lembrança agradável.

Na manhã seguinte, Mikhail, com a permissão do senhor Wladimir, chegou com a primeira carroça e auxiliou Anna a colocar ali os poucos pertences. Ao chegar a segunda carroça, Mikhail e o bondoso amigo que também estava ali ajudando, conseguiram, com grande esforço, acomodar Dimitri, de forma que a viagem pudesse transcorrer com segurança.

Sem olhar para trás, Anna e Dimitri deixaram a propriedade do conde. Cada um levava consigo um tipo de lembrança e de sentimento. No coração de Anna, a expectativa de como seria a vida deles. No coração de Dimitri, um sentimento de raiva mesclado com o plano de, na primeira oportunidade, se vingar de Igor. Agora tinha claro em sua mente que muito fora prejudicado pelo concunhado, de várias formas, que não sabia bem distinguir. De acordo com os sonhos que lhe ocorriam sempre, haviam sido muitas as desavenças dos dois, e agora tinha uma vaga compreensão de que, em algum lugar que não conseguia precisar, ambos tinham convivido de forma desastrosa.

No meio da tarde, chegavam ao vilarejo as duas carroças. Anna, aproximando-se da casa de seus pais, sentiu um aperto em seu peito.

Mais alguns minutos e aportaram à entrada da casa. Catarina, ao ouvir o barulho de cavalos, se dirigiu ao portão e ficou perplexa. Viu as duas carroças e logo avistou Anna, na primeira. Na segunda, viu que Dimitri estava acomodado em alguns panos e travesseiros.

"Meu Deus!", pensou, desolada. "O que temíamos aconteceu!".

Ivan e Igor não estavam em casa. Ela estava apenas com sua mãe e Karina. Mesmo surpresa, foi até a entrada para ajudar a irmã a descer da carroça.

Mikhail abraçou Catarina, por quem tinha um imenso carinho, e neste abraço sussurrou ao seu ouvido:

— Filha, muita calma e fé em Deus!

Dimitri foi retirado da carroça e acomodado na cadeira de madeira, sua ferramenta para se manter em uma posição mais confortável. Os dois homens o levaram para a varanda da casa de Ivan.

Com uma certa dificuldade, a senhora Waleska chegou até a entrada da casa, abraçando a filha que não via desde o dia do seu casamento.

Ao se aproximar de Dimitri, ficou imensamente penalizada, dizendo algumas palavras de incentivo, que ele nem ao menos registrou, pois estava mais preocupado em saber como seria recebido por Igor e Catarina.

— Mãe, fomos despedidos pelo senhor Wladimir. Nesta hora difícil, precisamos aceitar o convite feito por meu pai, mas lhe asseguro que tudo farei para que esta permanência seja breve e que não venhamos a causar nenhum aborrecimento para a senhora ou para meu pai — afirmou Anna, emocionada.

Catarina ficou em silêncio, olhando para os dois, enquanto Mikhail acomodou os pertences do casal ali mesmo, na entrada da casa.

Ivan e Igor retornaram e, ao avistarem duas carroças em frente a sua casa, logo entenderam o que havia acontecido.

Igor sentiu um aperto no coração e imediatamente pensou em como deveria se comportar.

Ivan seguiu na frente, cumprimentou Mikhail e seu companheiro, e em seguida se apressou em abraçar a filha. Foi até Dimitri dizendo que estava feliz com a chegada deles.

Igor, por sua vez, entrou na sala onde estavam Anna e Dimitri e ficou parado na porta. Ao fundo, Catarina estava temerosa com aquele encontro, mas observou a atitude do marido.

Dimitri, influenciado por Aleksander, fez-se de vítima e, dirigindo-se a Igor, falou:

— Está surpreso? Você pensou que se livraria de mim tão facilmente? Pois aqui estou, para que ajude a cuidar daquele que se tornou inválido com a sua colaboração.

Por falta de vigilância, o lado sombrio de Igor, que estava adormecido, aflorou, e ele perdeu o controle emocional.

— Covarde! Você está se passando por vítima, quando foi você mesmo o causador do acidente cujo objetivo era me atingir! Eu já sei de tudo, seu mentiroso! Seus comparsas me contaram como tudo aconteceu. Você os comprou para providenciarem os danos no andaime. O que você não esperava era que senhor Wladimir ali estaria e diria a você que subisse com ele. O feitiço se voltou contra o feiticeiro. Agora que tudo foi explicado, eu mesmo vou relatar ao senhor Wladimir o que de fato aconteceu.

Dimitri, que trazia a arma sob a roupa, puxou a garrucha e apontou para Igor. Catarina, na velocidade de um relâmpago, correu na frente do esposo e recebeu o tiro fatal. Igor se desesperou e puxou uma estátua de bronze que se encontrava bem à sua frente. Com ela, avançou sobre Dimitri, golpeando-o na cabeça com toda a força do ódio que estava sentindo.

Foram instantes dolorosos em que o desespero tomou conta de todos. Houve uma imensa correria. Mikhail correu para socorrer Catarina, que agonizava nos braços de Igor. Dimitri, gravemente ferido, perdia muito sangue.

Ivan saiu para buscar o médico do vilarejo, porém, quando ambos retornaram, nada mais poderia ser feito. Catarina e Dimitri já estavam mortos.

Valentim e uma equipe de socorristas auxiliaram Catarina a se desvencilhar dos liames que a prendiam ao corpo físico enquanto a colocavam em uma maca. Aleksander, aos gritos, segurou o pai, dizendo que ele não poderia ter errado daquela forma. Dimitri imediatamente ligou-se a Aleksander, que o agarrou tentando fazer com que se reanimasse, julgando que poderia impedir o curso dos acontecimentos.

O vilarejo todo foi tomado por imensa dor, pois Catarina havia nascido ali e todos tinham por ela um imenso carinho. Waleska perdeu os sentidos diante da cena, precisando de socorro. Anna, em enorme aflição, correu na direção de Karina, que se encontrava nos fundos da casa, junto com outras crianças, alheia aos acontecimentos.

Aquela moradia vestiu-se de luto. O sepultamento ocorreu em clima de imensa comoção. Mikhail, influenciado por Valentim, aproximou-se de Igor para tentar acalmá-lo.

— A culpa foi toda minha, Mikhail. Provoquei a morte de Catarina. Não me arrependo do que fiz com relação a Dimitri. Vou me apresentar ao chefe da polícia. Meu Deus, que tragédia!

— Igor, Catarina está sendo auxiliada por aquele bondoso amigo que tem trazido força a todos nós. Ela nada sofre, tenha certeza disso.

Igor não entendia como alguém poderia ter morrido daquela forma e não estar sofrendo. Mas não era momento de discutir.

Ivan, grande amigo do chefe de polícia, procurou-o logo após o sepultamento, para interceder por Igor, afirmando que houvera uma tentativa de defesa, pois a arma estava apontada para ele. A morte de sua filha acontecera em virtude de ela ter se atirado na frente do esposo. Enfim, Ivan buscou de alguma forma justificar a atitude do genro, para que ele não fosse preso. Já bastava ter visto a filha morrer daquela forma, ter ouvido toda a verdade a respeito da atitude criminosa de Dimitri. Depois de tudo isso, ver Igor na prisão seria descabido.

Pela grande amizade reinante entre eles, Igor não foi preso. O senhor Wladimir também foi ao vilarejo para interceder por

Igor, pois, tão logo tomara conhecimento da verdade, por meio de Mikhail, compreendera que Dimitri forjara toda aquela história disseminada entre os colonos.

Depois de todo aquele sofrimento, a verdade veio apenas minimizar em parte a dor imensa causada pela morte de Catarina. Quanto a Dimitri, havia até certo alívio com sua morte.

27

Karina recebeu toda atenção e carinho por parte de Anna, que tomou para si a tarefa de cuidar da sobrinha. Era emocionante ver toda a dedicação com que ela providenciava tudo o que a menina precisava. Dava até a impressão que se sentia culpada pela ausência da irmã.

Igor tornou-se um solitário: isolava-se de todos. Por alguns dias não compareceu ao trabalho, por mais que Ivan tentasse demovê-lo da ideia que deveria morrer também para poder se redimir daquela culpa que havia tomado para si.

Valentim prestava a ele toda a ajuda possível, incentivando que lutasse contra aqueles sentimentos e procurasse dedicar à filha todo o seu amor. No entanto, não conseguia penetrar naquela mente, que se fechara às inspirações salutares. Mas o bondoso instrutor era infatigável. Sabia que conseguiria, dia mais, dia menos.

Enquanto isso, no plano espiritual, Catarina despertava. Acolhida em um hospital, foi totalmente desligada do corpo atingido, e os liames que a prendiam foram todos desatados. Mesmo desencarnada, não se desligara de suas preocupações com os familiares: afligia-se profundamente pelos sofrimentos causados a Igor e à filhinha.

Valentim, ao se aproximar, procurava mostrar a ela que Karina e Igor estavam sendo auxiliados por toda equipe espiritual, que os amava muito, e haveriam de superar aquela dor. Com muito carinho, cuidava para que ela conseguisse se desligar das lembranças marcantes do acontecimento fatal.

Dimitri, assim que se desligou do corpo físico, procurava levar a mão à cabeça, ainda atordoado, enquanto gritava que estava ferido e que precisava de ajuda.

— *Me ajudem! Igor tentou me matar! Preciso de socorro, estou sangrando!*

Enquanto perambulava sem destino, procurando ajuda, não percebeu que se movimentava como antes do acidente, pois estava alucinado com a atitude de Igor.

De repente, notou que estava em local ermo e procurou identificar algumas pessoas que andavam esbaforidas, mas sentiu que não as conhecia, até que se aproximou dele alguém familiar.

— *Pai, estamos juntos agora, mais do que nunca!*

— *Me ajude! Veja, fui ferido por Igor, aquele maldito! Me leve ao médico, eu preciso de tratamento.*

— *Calma, agora você não precisa mais de médico.*

— *Por que? Não mereço ajuda? Você que se diz meu filho me nega ajuda diante deste ferimento?*

— *Pai, sente-se aqui. Eu também já passei por isso. Na última vez em que cheguei aqui, me parecia que ainda estava no mesmo lugar onde vivia.*

— *Do que você está falando? Não estou entendendo nada!*

— *Quero dizer que você foi ferido de morte. Não resistiu diante do golpe recebido e deixou seu corpo inválido lá, para eles sepultarem!*

— *Cale a boca! Você não sabe o que está falando!*

Para surpresa de pai e filho, surgiu à sua frente o velho Valeri, com ares de vencedor.

— *Até que enfim você está entre nós novamente! Acho que agora finalmente poderemos colocar em pratos limpos velhos assuntos do passado.*

— *Vocês estão querendo me enlouquecer? Para onde me trouxeram? Quero voltar para junto de Anna, porque iniciaremos uma nova vida!*

— *Nova vida? Vai iniciar sim, mas junto de muitos que te odeiam, assim como eu!*

Ao dizer isso, Valeri voltou-se para Dimitri. Conhecedor das técnicas do hipnotismo, sabia como dominá-lo e fez que sentisse uma dor imensa no ferimento e tivesse a sensação de que o sangue jorrava daquela ferida, provocando nele profundo desespero.

Aleksander, que não tinha coragem para enfrentar Valeri, se retirou, pois na verdade não sentia amor por aquele que um dia fora seu pai. O que ele queria mesmo era que se unissem para prejudicar Igor. Vendo que Dimitri estava sob o domínio de Valeri, resolveu esperar que as coisas ficassem mais favoráveis para ele.

Por algum tempo, Dimitri se contorceu, vivendo um quadro de profundo pavor. Valeri retirou-se, deixando-o só. Como estava em um vale sombrio onde centenas de espíritos se debatiam no remorso, no desejo de vingança, no ódio, começou a perceber que não estava sozinho. Observou que muitos estavam

feridos como ele, mas outros caminhavam como que embriaga-
dos, e um deles se aproximou dizendo:

— *Dimitri! Quem diria? Veio atrás de mim? Não basta ter me
comprado para fazer o mal contra quem não merecia? Veja como
fiquei depois da briga que tive com alguns forasteiros que tentaram
me tirar as últimas moedas que havia me dado pelo serviço!*

Dimitri ficou surpreso ao reconhecer um de seu comparsas no ato de danificação do andaime que o levara ao acidente.

— *Disseram que, depois de ser ferido com arma branca, cheguei
aqui atordoado e demorei um tempo para aceitar que tinha morrido.
Agora entendi tudo: na briga, fui esfaqueado por um dos assaltantes
e acabei deixando aquele corpo atingido. Pelo que estou vendo, Dimitri, com você aconteceu a mesma coisa* — afirmou o homem, com
um certo sarcasmo.

Dimitri ainda não acreditava que também tivesse morrido.
Afinal, sentia o mesmo que experimentava quando estava junto
dos seus. A única coisa diferente era o ferimento na cabeça.
Também não sabia como fora curado da paralisia, mas agora
podia ficar em pé e andar, mesmo com certa dificuldade. Como
era possível?

Num grande esforço, procurou sair daquele beco insalu-
bre onde se encontrava e buscou alguma luz, pois percebeu que
aquele local estava envolto em uma penumbra que dava uma
sensação de que era sempre noite. Sentiu certa dificuldade para
caminhar, mas não era homem de desistir, pensava ele. "*Vou
encontrar alguém que me explique direitinho tudo isso.*".

O cansaço chegou logo, e ele se sentou para descansar. Não
demorou para que avistasse Aleksander, que retornava pergun-

tando se Valeri havia desistido de aborrecê-lo, enquanto sentava a seu lado.

— E então pai? Agora se convenceu de que está morto? Seja bem-vindo! Aqui, nós continuamos bem vivos! Já entendeu que está do mesmo jeito que eu e Valeri, num outro local de vida? Veja todos esses homens e mulheres por aqui, andando sem rumo. Estão confusos também. Mas aqueles que acordam para a verdade conseguem sair e encontrar um caminho para fazer aquilo que desejam.

Dimiri permaneceu calado observou com atenção o estado em que se encontravam aqueles que passavam ao seu lado. Alguns nem o enxergavam; outros o olhavam e pronunciavam palavras pesadas, ofensivas, sem ao menos conhecê-lo. "Alguma coisa aqui está errada", pensou.

— Aleksander, por que você sabe onde está, caminha com segurança, não está ferido como tantos, e pode entender o que está se passando? — Dimitri fez várias perguntas ao mesmo tempo.

— É simples. Eu já entendi que não estou mais ligado ao corpo físico. E aprendi com aqueles que chegaram antes que eu não tenho que ficar choramingando, mas preciso agir para conseguir aquilo que quero, doa a quem doer.

— Então você tem certeza que eu estou igual a você. Que aquele corpo que ficou inválido não é este aqui? Mas se eu não tenho corpo, como é que estou andando, pensando, sentindo?

— Pai, o que morreu foi o corpo de carne e osso, mas nós temos uma parte que não morre, que é chamada de alma ou qualquer outro nome que se queira dar. E esta parte é que pensa, sente, deseja, grava tudo o que se passou nas outras vezes que esteve na Terra. Entendeu? Eu demorei bastante para entender isso, mas agora sei que é verdade.

MARLENE SAES | LUIZINHO

E é por esse motivo que agora precisamos nos unir, de uma vez por todas, para conseguir aquilo que tentamos, a cobrança da antiga dívida que Igor tem conosco.

28

imitri já estava quase convencido que o filho tinha razão. Então começou a rememorar sua saída das terras do conde Nicolai, sua chegada à casa de Ivan, o encontro com Igor... Enfim, voltou à sua mente a discussão que havia acontecido e lembrou--se que, depois de sacar a arma, havia atirado em Igor, porém Catarina se interpusera e fora atingida. Lembrou-se também que Igor o golpeara violentamente na cabeça, e ele desfalecera. A partir daí, seu raciocínio bloqueou, mas Aleksander, que acompanhava aquela retrospectiva, se propôs a ajudar o pai a se lembrar de tudo. A mente cristalizada no mal, os pensamentos fixos em ideias negativas, lhe facilitaram aprender a influenciar aqueles que se submetiam à sua vontade obsessiva.

Assim, Aleksander orientou Dimitri, e este foi se lembrando o que acontecera depois de ser atingido. Os fatos seguintes surgiram até culminar com o sepultamento de seu corpo e o seu reencontro com o filho, quando se sentia perdido e ferido.

— *Aleksander, você tem razão* — disse Dimitri, mais controlado. — *Depois de ter visto todos os acontecimentos, começo a entender. Mais uma vez Igor conseguiu me tirar do seu caminho. Só não* gostei de uma coisa: acabei tirando a vida de Catarina. Não era isso que eu queria. Ela nunca me fez mal.

— Pai, o fato é que Igor há muito tempo interfere em nossas vidas. Como foi relatado por Valeri, quando vocês disputavam Anna, em existência passada, ela já era apaixonada por Igor, o que levou infelicidade a vocês dois. Quando ele interferiu de maneira violenta em minha vida, na encarnação em que éramos pai e filho, nós dois fomos prejudicados por ele. Enfim, agora que refrescamos sua memória, vamos cobrar o que nos devem. Não vamos perder mais tempo: façamos justiça!

— É isso mesmo. Agora estou ciente que é chegada a hora. Mas o que faremos?

— Por enquanto, vamos até a casa onde estão todos agora. Tenho acompanhado Igor todos os dias, procurando minar suas forças para o trabalho, e até para se alimentar. Em alguns dias consigo progressos; em outros, perco terreno. Aquele intrometido do Mikhail tem vindo visitar a família e tem procurado orientado Igor a se ligar a Deus e buscar ajuda. Nestes momentos, parece que uma barreira luminosa, dourada, me impede e a qualquer outro entrar naquela casa. E tem mais, a garota Karina me enxerga desde pequenina. Como pode? Só ela? Mas tenho me aproximado de Anna, e talvez por intermédio dela consiga alguma coisa!

— Alto lá! Não quero que nada de mal aconteça com Anna! Você não vai fazer nada contra ela!

— Que é isso? Por acaso não chegou ao seu conhecimento que Anna gosta de Igor? Que o verdadeiro amor da vida dela é ele? Que o casamento de vocês foi um engodo?

— Basta! Durante o tempo que estivemos casados, Anna foi uma excelente companheira. Para me ajudar, foi capaz até de aturar os desaforos do senhor Wladimir. Não vou permitir que seja prejudicada por ninguém.

— Vai se transformar em um jovem apaixonado? Vai poupá-la para que continue alimentando o sonho de se casar com Igor? Sim, porque é isso que ela quer.

Dimitri calou-se. Ambos chegaram ao vilarejo e se colocam na porta de entrada.

Anna cuidava de Karina, que já estava crescida, e tinha um carinho muito grande pela sobrinha. Dimitri, mesmo com os sentimentos abalados, não deixou de se enternecer ao vê-la. Mesmo naquele estado espiritual, podia sentir por Anna um misto de gratidão e carinho. Não chegava a ser amor, porque este sentimento não cabia em seu coração.

Igor estava trancado em um dos aposentos da casa. Estava magro, abatido e sem ânimo de viver. O trabalho que fazia ainda não havia terminado. Porém, como era tido em alta estima, todos esperavam que se recuperasse do doloroso acontecimento para que sua vida voltasse à normalidade.

Aleksander e Dimitri se prepararam para entrar aposento, mas foram impedidos por Valentim.

— Meus caros, o que desejam? — perguntou Valentim, como se não soubesse o objetivo que os levara até ali. — O que querem nesta casa? A dor que aqui se estabeleceu deve ser respeitada.

— Por acaso alguém respeitou a dor de meu pai? — indagou Aleksander, fazendo-se de vítima.

Valentim, ligando-se aos benfeitores do mundo maior, continuou sua preleção:

— Os débitos passados ainda continuam vivos nos corações que se programaram para renovação de hábitos, mas que não *conseguiram seu intento. Infelizmente, Igor e Dimitri não alcançaram o iluminado instante do perdão recíproco. E você, meu jovem Aleksander, não perca mais tempo! Coloque em prática tudo o que você ouviu nestes períodos longos em que esteve no plano espiritual, cercado de orientações e amor.*

— *Eu não pretendo continuar ouvindo este defensor de Igor* — resmungou Aleksander, dirigindo-se a Dimitri e convidando-o para se retirarem.

Valentim envolveu Igor em fluidos restauradores, procurando fazê-lo reagir. No passado espiritual, acontecimentos infelizes, que o acusavam, ainda estavam vivos, mas ultimamente ele procurava se esforçar para viver de outro modo. Já havia conseguido algum progresso, mas agora entregava-se a perigoso processo de autopunição. Nada o demovia da certeza de que fora o responsável pela morte de Catarina.

No mundo dos espíritos, Catarina já estava integrada a sua nova condição espiritual.

A consciência de sua desencarnação já lhe dava a certeza da inexistência da morte. Começava a lembrar-se das palavras sábias de Mikhail e, com grande esforço, buscava explicações que acalmassem seu coração, pois já tinha lucidez sobre a forma como desencarnara. Sentia que de alguma forma retornara à Terra levando como objetivo promover a reconciliação entre Igor e Dimitri, mas não havia conseguido seu intento.

A saudade da filha e do marido pesavam muito em sua alma. Pedira aos instrutores espirituais a permissão de visitá-los, e foi orientada a aguardar um pouco mais, pois a família precisava se organizar diante dos novos fatos.

Catarina começou a buscar forças para superar a saudade dos seus entes queridos ao lado de Valentim, com quem agora passava horas em busca de informações e de orientações sobre aquela existência interrompida tão bruscamente.

Alguns meses se passaram, e pouco foi o progresso alcançado por Igor. Retornara ao trabalho, mas sem o mesmo ânimo. Dedicava à filha, alguns minutos de atenção, e mal conversava com os demais moradores da casa. Ivan e Waleska entendiam perfeitamente a dor do genro.

Anna procurava se aproximar sempre que podia, mas respeitava o distanciamento do cunhado. Mesmo assim procurava, por meio de Karina, se fazer presente na vida dele.

Aproximava-se o Natal, e as comemorações em torno de São Nicolau – o santo padroeiro da Rússia – já estavam sendo preparadas. Anna aproveitou a ocasião para envolver Karina com a história do benfeitor. A menina agora já podia compreender o que acontecera com sua mãe e com o tio Dimitri. Karina era reservada e se alegrava somente quando o pai conseguia vencer a dor e se aproximar dela, convidando-a a passear pelas imediações da casa.

Naquele final de dia, Igor chegou em casa com o semblante um pouco mais ameno e convidou Karina para um passeio. A menina ficou feliz e aceitou sorrindo.

– Vamos até as margens do Rio Neva – Igor convidou.

– Vamos sim, papai, adoro aquele lugar.

Chegando lá, pai e filha sentaram-se na relva úmida. Ao mesmo tempo que sentiram uma doce paz os envolver, ambos se lembraram de Catarina. Karina, que era vidente, abriu um largo sorriso e se levantou de repente. Abriu os braços, caminhando alguns passos.

– Mamãe, mamãe, que saudades!

Igor depressa se levantou, sem nada entender, e seguiu a filha. Seu coração disparava, e as lágrimas afloraram em seu olhos, pois sentiu que algo acontecia com ele também. Nada viu, mas tinha certeza de que Catarina ali estava.

– Papai, papai, veja! Mamãe veio nos visitar!

– *Minha filha, que alegria! Como desejei este momento! Segure na mão de seu pai e diga a ele que estamos juntos novamente. Sei que ele não me vê, mas está sentindo que aqui estou.*

– Papai, mamãe quer segurar nossas mãos. Vamos, segure na minha mão, e ela segurará na outra. Está sentindo? Feche os olhos e sentirá melhor!

Igor se emocionou com as palavras da filha, e um sentimento de amor profundo uniu aqueles três espíritos que, irmanados, vibravam em enorme felicidade e paz.

Permaneceram assim por alguns segundos, e Catarina pediu a Karina que dissesse a Igor que não devia se entregar ao desespero. Ela implorou que ele retomasse sua vida e tivesse a certeza que ela não morrera. Continuava viva e amando-o.

Karina repetiu as palavras da mãe, e Igor desatou em choro convulsivo. Foram momentos especiais, e Catarina, se despedindo, beijou carinhosamente a filha e o esposo.

– Papai, precisamos atender ao pedido de mamãe. Eu também vou me esforçar para fazer tudo direitinho. Vejo que vovó Waleska também chora escondido, e até vovô Ivan enxuga os olhos, disfarçando quando olho para ele.

Ambos permaneceram ali mais algum tempo, olhando aquelas águas calmas e azuis, cada qual sentindo seu coração se alegrar.

Quando retornaram, Anna percebeu que o olhar de pai e filha estava diferente. Nada perguntou, pois temia interferir e, assim, interromper a suave vibração que os envolvia.

Após o jantar, quando todos se recolheram para o descanso noturno, Igor, pensando em Mikhail e na esposa, pediu em oração que Deus lhe permitisse sonhar com Catarina, para poder falar diretamente com ela.

Igor adormeceu com aquele desejo imenso, e, tão logo se desprendeu do corpo físico, seu pedido foi atendido.

— *Meu querido, que alegria poder rever você e lhe dizer que estou viva! Eu já tinha a certeza de haver em nós alguma coisa divina que permanece viva depois da morte. E agora, vejo que não estava enganada. Continuo a mesma Catarina, amando você e nossa filha. Foi muito doloroso quando o bondoso amigo e orientador Valentim me colocou diante da verdade. Sofri muito em pensar como vocês estariam após aquela tragédia. Mas foram tantos os espíritos generosos que me auxiliaram que consegui entender as Leis de Deus, e aos poucos fui lutando para compreender e aceitar, procurando, daqui onde estou, colaborar para a felicidade de vocês.*

— Catarina, minha vida perdeu o sentido! Tantos sonhos desfeitos, e agora me vejo sem chão. Estou deslocado aqui na casa de seus pai. Penso muito em ir embora. Mas, ao mesmo tempo, penso em Karina, no carinho que ela recebe dos avós e de Anna.

— *Igor, é sobre isso mesmo que quero lhe falar. O verdadeiro amor não é egoísta. Você precisa recomeçar sua vida, e nossa Karina precisa de cuidados e de uma família. Você tem observado que Anna* cuida dela com verdadeiro desvelo, a cerca de todo carinho, e a ama de verdade. Além disso, você sabe que Anna o ama. Ela sempre o amou.

– De fato, vejo que Anna faz tudo para que Karina seja feliz. Sou grato a ela por isso. Mas amar, eu só amo você. Quero conservar este amor para sempre em meu coração.

– Meu querido, nosso amor superou imensos desafios por várias encarnações. Ele é verdadeiramente imortal. Mas ainda temos muitos débitos. Ao longo de nossas trajetórias na Terra, cometemos muitos erros. E Anna o ama também há muito tempo. Ela guarda uma dor muito grande, pois esta não foi a primeira vez que você a rejeitou. Dimitri, por sua vez, também guarda um imenso rancor por nós, mais especialmente por você, pois a história de vocês é composta por vários desatinos, de ambos os lados.

– Catarina, não me peça o impossível. Eu me sentiria um traidor se me interessasse por Anna!

– Igor, meu amor eterno! Eu peço: dê uma oportunidade para que Anna possa ser feliz! Ela tudo fará para que você e Karina esqueçam tanto sofrimento, assim como procura esquecer. Nós sabemos que ela se uniu a Dimitri, no cumprimento de compromissos passados, mas na realidade ela nunca o amou. O que ela tentou foi não ficar sozinha. Mas hoje eu sei que o arrependimento chegou rapidamente ao seu coração. Meu querido, ao despertar você terá vaga lembrança de nossa conversa, mas procure fixar o principal: procure olhar para Anna com atenção e tente abrir-se para um novo momento de luz e amor em sua vida. Eu estarei pedindo muito a Deus por vocês! Agora vou visitar nossa Karina.

Igor acordou no meio da noite e sentia uma paz imensa. Há tempos não tinha aquele bem-estar. Aos poucos começou a se lembrar do instante em que deitara pedindo a Deus para sonhar com Catarina. Foi se esforçando para rememorar cada minuto, até que chegou à plena convicção de que estivera com ela. Lembrou-se de que lhe dissera querer sua felicidade, que ele e Karina precisavam voltar a viver em paz. Ela também falou algo sobre Anna... Assim aprofundou-se nas lembranças, até que sentiu um arrepio. Teve a sensação que Catarina lhe falara do amor de Anna por Karina e por ele mesmo.

Meu Deus, seria possível que Catarina fosse tão iluminada a ponto de lhe pedir que se unisse a Anna? Seria justo isso? Como ela seria capaz de tamanha nobreza? Revirou-se na cama por algum tempo até conseguir adormecer novamente.

Na manhã seguinte, Karina relatou ao pai que havia sonhado com a mãezinha querida. Ela estava linda, com um sorriso suave, e lhe disse que procurasse orar muito a Deus para que a felicidade voltasse a reinar naquela casa.

Quando Anna os encontrou, sem saber da conversa de Igor e Karina, foi logo dizendo que havia sonhado com Catarina. Que ambas foram até a margem do Rio Neva e rememoraram seus tempos de criança, quando sonhavam com um futuro muito feliz. Que riram muito lembrando os anos maravilhosos de sua infância.

Vendo que pai e filha se mostravam surpresos diante do fato de ela ter sonhado com Catarina, ficou meio sem jeito e calou-se.

– Tia Anna, fale mais. Como foi que mamãe chegou até a senhora? Pergunto isso porque eu também sonhei com ela. E papai também!

– Então, Catarina visitou a todos nós? Será que é possível mesmo, como diz Mikhail, que aqueles que morrem continuem vivendo em algum outro lugar? Se for assim, preciso muito do perdão de Catarina, pois ultimamente eu não conseguia entender algumas coisas que aconteceram em nossas vidas, e hoje vejo o quanto eu estava enganada.

– Tia Anna, eu não tenho dúvidas quanto a isso. Já vi muita gente que morreu. Me lembro que certa vez, em sua casa, quando eu era pequena, vi um moço que me fazia careta e dizia que não gostava de mim, nem de minha mãe, nem de meu pai. No dia que tudo aconteceu, quando eu e mamãe vimos a carroça que os trazia, aquele mesmo rapaz estava junto. Depois que mamãe e tio Dimitri se foram, nunca mais o vi. Mas lembro que dizia ser filho do tio Dimitri.

Anna lembrou-se que no dia de seu casamento também havia deparado com aquele rapaz que se dizia filho de Dimitri, porém acabara esquecendo do fato. Em sonho, também o encontrara, mas havia considerado tudo aquilo um pesadelo.

Igor acabou entrando na conversa, e todos começam a falar sobre o tempo de convivência com Catarina, cada um relembrando alguma coisa relacionada consigo. Catarina estava presente: orava, pedia a Deus que os três se reencontrassem e conseguissem ficar unidos, em condições de iniciar o processo de redenção de suas almas.

29

dia foi tranquilo para todos. Igor já retornara ao seu trabalho, Ivan cuidava da horta e do pomar que lhes dava as verduras e as frutas necessárias à alimentação, e Waleska estava mais forte, ajudando em pequenos afazeres, mesmo diante de sua dificuldade de locomoção. Anna estava mais leve. Chegava a esboçar algum sorriso. Karina já auxiliava a tia em algumas tarefas adequadas à sua idade. Enfim, a família começava a retomar o ritmo de vida.

Dimitri, no plano espiritual, finalmente convencera-se de que desencarnara e deixara a Terra. Nessa condição, não tinha dúvidas: decidira unir-se a Aleksander, com a intenção de se dedicarem, em conjunto, ao plano cujo objetivo era destruir Igor.

Não percebia que nesse estado vibratório perdia sublime oportunidade de buscar o aprendizado e a evolução. Aleksander – há tempos no plano espiritual, a mente cristalizada no passado, empenhado em vingança – era observado por instrutores espirituais, os quais, orientados por benfeitores celestiais, cuidavam de preparar-lhe, contrariando sua vontade, uma reencarnação compulsória. Tal providência, prevista nos desígnios divinos, fazia-se necessária quando o espírito, fixando-se indefinidamente no mal, recusava-se a evoluir. Catarina, amparada por Valentim, acompanhava ao longe as tratativas que começavam a ser elaboradas para a volta de Aleksander à Terra, no momento correto. Para isso, seria necessário que Igor aceitasse o amor silencioso de Anna, que nos últimos tempos demonstrava uma dedicação intensa a toda família, especialmente a Karina e Igor.

Alguns anos se passaram: a vida transcorria calmamente, sem reservar surpresas para aquelas pessoas. Mas, ao beirar os doze anos de idade, Karina foi acometida por febre alta. A família, angustiada, não encontrou explicações para aquele mal inesperado que a atacava sem lhe dar trégua. O médico foi chamado e buscou a causa de todas as formas, sem conseguir um diagnóstico exato. Acabou concluindo que aquela jovem estava com uma fraqueza que poderia ter sido provocada pela tristeza represada em sua alma.

Igor lembrou-se de Mikhail, o amigo fiel que sempre o havia amparado. Sem titubear, foi buscar seus conselhos e sua ajuda. Agora já se sentia à vontade em retornar à propriedade do conde Nicolai, pois soubera que Wladimir não mais administrava as terras, embora ainda vivesse naquele local, por condescendência do conde. A verdade veio à tona, e todos aqueles que haviam acompanhado a tragédia ocorrida com a sua família tinham pleno conhecimento de tudo o que fora articulado por Dimitri, culminando com sua morte.

Igor chegou à modesta moradia de Mikhail e foi recebido com alegria por aquele homem que demonstrava imenso amor em seu olhar.

– Meu amigo Igor! Como é bom poder revê-lo! – disse Mikhail, com olhos marejados de lágrimas.

– Mikhail, meu estimado companheiro! Você representa para mim aquele pai, aquele irmão, que tem sempre palavras de conforto e de sabedoria.

Igor contou a Mikhail os sonhos com Catarina, a serenidade que acabou chegando ao seu coração e de toda família, as lembranças que ele conservava das conversas com a esposa, em que ela o incentivava a se unir a Anna. Assim, com emoção, descreveu ao amigo o modo como vivia ultimamente.

Mikhail, sensitivo e amoroso, já sabia de tudo aquilo, pois em seus momentos de meditação e prece conversava muito com o bondoso Valentim, que o informava sobre o querido amigo. Catarina também o visitava com frequência e lhe falava de seus propósitos. Ela sabia que tinha uma dívida com Anna, contraída em outra existência, no passado distante. Por esse motivo acabara desencarnando daquela forma cruel, pelas mãos de Dimitri.

Mikhail serenamente reforçou o pedido de Catarina, mostrando a Igor a importância de refazer a família, proporcionando a Karina a tranquilidade necessária para que atingisse a idade adulta sentindo paz e segurança.

– Mikhail, é justamente sobre Karina que vim lhe falar. Ela tem estado doente, triste, sofrida. O estado febril é constante, e o médico não consegue chegar a uma conclusão. Diz que aparentemente ela está bem. Mas encontra-se distante, e muitas vezes nos dá a impressão que está vivendo em outro mundo.

– Meu amigo, mais uma vez precisamos buscar o aconselhamento de quem nos ama! – dizendo isso, Mikhail se colocou em prece, pedindo a ajuda de Deus.

Naquela atmosfera de luz, emoção e carinho, Valentim o envolveu em fluidos amorosos e se dirigiu a Igor:

– *Meu querido filho de outras eras! Você e Dimitri perderam uma oportunidade bendita em que deveriam burilar seus sentimentos mais arraigados no ódio e no orgulho. Ele permanece preso ao peso do passado, assim como você. Como se não bastasse, temos Aleksander, que ainda não o perdoou pelos desatinos que ele cristalizou em forma de vingança. Ele tem conseguido se aproximar de Karina constantemente, dando início ao processo que ele chama de vingança justa. E o próprio Dimitri tem tentado de todas as formas se aproximar de Anna, mas ultimamente ela tem conseguido modificar seus pensamentos mais negativos, impedindo essa influência. É chegada a hora do retorno de Aleksander ao mundo terreno, em reencarnação redentora. Sua mente está desalinhada, e ele precisará da oportunidade de ser recebido por aqueles que um dia o prejudicaram de alguma forma. E você, Igor, é um dos responsáveis pelo desequilíbrio dele, não se esqueça disso! Anna também tem débitos com relação à Lei de Causa e Efeito, contraídos em outras eras, quando acabou se valendo de recursos menos felizes para prejudicar a muitas pessoas, inclusive o próprio Dimitri, algumas vezes.*

É por esse motivo, Igor, que Catarina tem se empenhado em aproximar vocês, pois é portadora do amor sublimado, aquele que não subjuga, não oprime, não é manchado pelo egoísmo. Igor, você tem notado o grande progresso de Anna, certamente. Quebre as algemas de seu coração e deixe a paz e a serenidade o encaminharem para construir um sentimento leve, pelo qual você conseguirá colocar Anna dentro de um círculo de amizade, paz e respeito. O amor pode surgir da convivência, do companheirismo, da atenção.

Estamos trabalhando desde já para o desligamento de Aleksander do campo energético de Karina. Ele ficará confinado em uma Colônia onde será isolado de suas lembranças mais ferrenhas e aguardará o momento de seu retorno à Terra.

Fique em paz! E retorne com a proteção de Deus ao convívio daqueles que o amam.

Mikhail retomou sua consciência, vendo Igor banhado em lágrimas.

– Meu amigo, quanto lhe agradeço pela ajuda que sempre posso encontrar quando o procuro em situação de angústia e sofrimento.

– Confio plenamente nas palavras deste seu anjo da guarda. E agora, mais do que nunca, sinto que também vela por mim e por minha filha querida. Retorno com o coração repleto de esperança em ver minha filha curada, e estou disposto a dar mais atenção à Anna, procurando mostrar a ela que hoje tenho cicatrizadas as feridas de meu coração. Vou demonstrar que lhe sou grato por esses anos de dedicação.

Igor foi embora com mais entusiasmo. Estava esperançoso em encontrar a filha mais fortificada e sentia que estava olhando para a natureza de uma forma mais desarmada.

Antes de se dirigir ao lar, conduziu a carroça às margens do Rio Neva, respirando aquele ar renovador, fixando no céu o seu olhar. Naquele fim de tarde, sentia que estava mais leve.

Ao chegar em casa, foi recebido com carinho por Ivan e Waleska, que o queriam como a um filho, pois sentiam que aquele homem era digno de sua admiração, pelo esforço que fazia para superar toda a sua dor e pela conduta reta.

Anna também veio recebê-lo, com os olhos brilhantes, e ele a tratou com um carinho que nunca antes demonstrara. Ela sentiu um arrepio forte, e a emoção a fez sentir algo tão maravilhoso que ela temeu desmaiar. Superando o impacto, o levou para ver Karina.

– Veja, Igor, ela está se alimentando! Teve várias horas de sono, se debateu no leito, falou algumas coisas que eu não consegui entender, mas depois se acalmou e dormiu. Há pouco se banhou sozinha, finalmente, e agora pediu uma sopa. Venha ver!

Em pensamento, Igor agradeceu a Deus, a Valentim, a Catarina, pela cena que acontecia ali. Sentou-se junto da filha e a abraçou emocionado.

– Minha querida filha, que alegria poder ver você acordar para a vida!

– Pai, tive vários sonhos neste tempo em que me vi fora do corpo. Em outros momentos, era sufocada por um rapaz que já conheço de outras ocasiões. Ele se aproximava de mim com ameaças, e eu me sentia sufocada com a presença dele, mesmo que não me tocasse. Foram vários instantes assustadores, mas, ao mesmo tempo, eu sentia que isso acabaria logo. Não sei explicar como tinha esta certeza, talvez porque em alguma vezes sentia mamãe vir em meu socorro, porém ela ficava um pouco distante, fazendo uma oração. Posso dizer agora que estou me sentindo aliviada. Parece que eu estava presa a algo pesado, que não me deixava pensar. Também não tinha forças para me levantar. Mas agora isso passou!

Igor olhou para Anna e viu que ela chorava baixinho. Segurou suas mãos e lhe agradeceu por toda dedicação com que cuidara de sua filha. Karina foi tocada por aquele instante de gratidão, e num impulso pediu que seu pai e sua tia se aproximassem dela. Segurou nas mãos dos dois e as juntou sobre seu peito. Não falou nada, mas sorriu para ambos. Depois disse:

– Como Deus é bom por me dar o amor de vocês!

Daquele dia em diante, Anna e Igor se aproximaram, sempre tendo algum assunto para conversar. Esse fato não passou despercebido por Karina e seus avós, que silenciosamente pediram a Deus que eles pudessem se entender, refazendo suas vidas.

Passados seis meses, Igor e Anna pediram para conversar com Ivan, Waleska e Karina. No fundo, eles já sabiam qual era o assunto e estavam felizes por isso.

Igor pediu a Ivan a mão de Anna em casamento. Ivan, sem dizer nada, abraçou-o, profundamente emocionado. Anna beijou as mãos de sua mãe, que naquele dia não estava muito bem e permaneceu sentada, sem condições de se levantar. Karina, feliz, abraçou a tia e o pai, dizendo que Catarina ali estava, sorrindo e desejando a eles imensa felicidade.

No plano espiritual, Dimitri procurava por Aleksander, pois queria saber quais tinham sido os progressos conseguidos com relação aos seus planos. Não o encontrava, pois na sua condição espiritual não tinha acesso aos procedimentos adotados pelos Instrutores. Desconhecia o fato de Aleksander ter sido isolado para se preparar para a futura reencarnação.

Dimitri resolveu procurar por Anna, pois entendeu que ali, naquela casa, encontraria Aleksander. Chegou no momento em que Ivan se levantava solenemente dizendo de sua alegria em poder recomeçar a busca pela felicidade e pela paz naquela família.

Inicialmente não entendeu o que se passava. Mas, logo em seguida, Igor disse ao sogro que no dia seguinte procuraria o padre para marcar a data do casamento. Anna, por sua vez, se levantou e abraçou Karina, dizendo que buscaria cercá-la de todo amor, pois tinha certeza de que Catarina abençoava o casamento dela com Igor. Dimitri teve uma verdadeira convulsão. Ele tentou invadir o círculo que havia se formado com a presença de amigos espirituais, mas foi impedido por uma barreira fluídica. Tal providência se devia aos benfeitores espirituais, que ali estavam para fortalecer aquele grupo que se preparava para situações da maior importância. Eram espíritos empenhados na consolidação dos bons propósitos daqueles que ali se encontravam, merecedores da sua intervenção.

Repelido pela barreira fluídica, Dimitri se afastou prometendo vingança imediata e reiniciou a busca por Aleksander, pedindo ajuda àquela turba de espíritos desvairados que faziam parte de seu mundo atual. Porém nada conseguiu.

Acabou se refugiando em uma gruta bem escura, sem perceber que ali estava um espírito conhecido. Sentou-se em uma pedra e se pôs a pensar no que teria acontecido com Aleksander. Teria ele desistido dos planos elaborados?

– *Dimitri, sei que você está procurando por Aleksander. Embora não goste de você, vou lhe dizer que vi quando os Iluminados o cercaram, dia desses, e o retiraram daqui. Ele estava esbravejando ali naquele canto, dizendo que a menina não poderia escapar aos seus ataques, e que ela seria sugada até a morte, para que o pai sentisse a dor da perda. De repente, foi cercado por um halo de luz. Não conseguiu fugir. Ouvi quando ele gritava que não iria de forma alguma,* que ele é quem decidia a própria vida. Não conseguia entender o que os Iluminados diziam, mas sei que falavam com ele. Depois de algum tempo, houve um silêncio assustador. Acabei me escondendo, mas vi quando Aleksander adormeceu e o colocaram em uma maca e o levaram daqui. Para onde, não sei.

Dimitri ficou desconcertado ao ouvir tudo aquilo. Começou a gritar, dizendo:

– Não é possível! Precisamos agir agora. Diante do que vi hoje, me sinto roubado mais uma vez! Então Igor pensa que pode tomar tudo o que é meu? Anna é minha esposa. Não vai ficar assim! Preciso organizar um grupo de ação e impedir que se unam!

No dia seguinte, Igor procurou o padre do vilarejo e marcaram o casamento para dentro de trinta dias. Anna estava radiante. Agradecia a Deus a todo momento. Sempre fazia suas orações, ao adormecer e ao se levantar. Dimitri tinha dificuldade em se aproximar dela. Então aguardava a hora certa. Permanecia por perto.

Naquela manhã, Karina chegou à cozinha para o café matinal e, ao olhar para a porta, viu Dimitri sentado na soleira. Não sentiu medo. Em vez disso, perguntou a ele o que fazia ali. Dimitri ficou surpreso com a pergunta, mas respondeu, agressivo, que viera acertar contas com todos eles.

– Tio, que contas? Quem provocou esta situação foi o senhor mesmo, esqueceu? Foi o senhor que feriu mortalmente minha mãe, tirando sua vida. Meu pai apenas reagiu!

Anna, que estava entrando na cozinha, viu Karina falando sozinha e ficou assustada.

– Karina, o que houve, com quem você estava falando? Aqui não há ninguém! Querida, você está se sentindo bem?

– Tia, não se preocupe, estou bem. Apenas falava com um visitante, mas ele já está indo embora!

– Karina, você sabe que tenho medo dessas conversas!

E Anna faz o sinal da cruz.

Mas Dimitri não se retirou. Ficou observando Anna e percebeu que ela estava com um semblante bem mas feliz do que quando eram casados. Tentou entrar, mas foi barrado por alguma força que não sabia de onde vinha, mas não o deixava passar.

Karina olhou para ele e sorriu, falando em pensamento: "Tio, vá embora, por favor. Siga seu caminho e nos deixe em paz. Tente recomeçar também, como nós estamos fazendo!".

30

inalmente chegou o dia mais esperado na vida de Anna. Em uma cerimônia muito simples, se reuniram poucos amigos. Entre eles Mikhail, que, mesmo doente, compareceu àquele ato que considerava da maior importância na vida de Igor e Anna. Ivan conseguira levar Waleska, que com grande dificuldade chegara até a Igreja. Karina estava feliz, pois via a mãe, a avó paterna e Valentim, além de outros espíritos amigos.

O sacerdote proferiu um sermão inspirado no amor e no perdão, que emocionou a todos. Em seguida, abençoou o novo casal, falando da importância da família. Igor a tudo ouvia e pensava em Catarina, dizendo a ela que tudo faria para oferecer a Anna momentos felizes, que ela certamente merecia.

Assim, todos retornaram para aquela casa agora embelezada com novas esperanças de felicidade. A própria Anna havia deixado pronto um almoço para oferecer a Mikhail e a outros dois casais de amigos que ali foram levar seu carinho aos noivos.

A tarde transcorreu tranquila. Ao anoitecer, a conversa continuou um pouco mais ali na varanda. Com a chegada da noite, todos se prepararam para se recolher. Anna, um pouco tímida, se recolheu ao lado de Igor.

Quando estavam sentados na cama, Igor disse a Anna que tudo faria para que ela encontrasse a alegria naquela união. Anna, por sua vez, disse que todo o amor represado ali durante longo tempo agora poderia ser extravasado em forma de dedicação. Ainda afirmou que nunca deixara de amá-lo, mesmo durante o tempo em que estivera casada com Dimitri, mas procurava sufocar aquele sentimento em respeito ao esposo e à irmã.

Esse desabafo trouxe grande alívio a Anna e serenidade a Igor. Ambos prometeram respeito mútuo, carinho e esforço para proporcionar à Karina um lar repleto de amor.

Dimitri estava completamente alucinado, pois desejava de todas as formas poder retornar ao lar de Igor e Anna, inconformado com a união dos dois. Dizia a si mesmo: *"Com certeza Catarina não sabe disso, pois não se conformaria, como acontece comigo. Onde será que ela está neste momento?"*.

Mal emitiu este pensamento e estava diante de Catarina e Valentim, que procuraram envolvê-lo em paz, pois a sua energia era demasiadamente pesada.

– *Dimitri, meu caro amigo, estamos aqui para ajudá-lo* – falou Catarina.

– *Eu sabia. Tinha certeza que você também estaria inconformada com a traição daqueles dois!*

– *Você está enganado, Dimitri. Estou feliz, serena e em paz, pois muito lutei para que isso pudesse acontecer.*

– *Não é possível! Não acredito! Então o seu amor por Igor era falso?*

QUANDO O AMOR VENCE O ÓDIO

– Muito pelo contrário, é amor verdadeiro, o amor que o Cristo nos ensinou. É o amor que não prende, é o amor que liberta!

Dimitri transbordava o ódio que lhe fervilhava na alma.

Valentim, em fervorosa oração, pedia a Jesus que abençoasse aquele espírito sofredor, enquanto Catarina procurava amenizar seus sentimentos com palavras de compreensão.

– Meu caro Dimitri, basta de ódio, de vingança, todos nós enfrentamos provas difíceis durante várias encarnações. Nesta última, deixamos de subir os degraus de uma evolução maior, você não acha?

– Não me venha com ladainha. Se é para me dizer coisas que eu não quero ouvir, dispenso sua ajuda. Na realidade, preciso encontrar meu filho Aleksander, pois ele já tem todo o plano de nossa vingança pronto para ser colocado em ação.

– Creio que você não vai localizá-lo, meu caro. Jesus reserva para ele a oportunidade da redenção, e os Instrutores o preparam para que retorne à Terra.

– O que você quer dizer com isso?

– É simples: Aleksander vai reencarnar no lar que lhe propiciará recomeçar a senda abandonada há tanto tempo. Ele receberá Anna e Igor como pais.

Dimitri sentiu uma explosão de ódio dentro de si. Tentou investir contra Valentim, mas foi contido pela própria vibração do Instrutor, que criava barreiras intransponíveis. Atirou-se ao chão e rolou feito uma bola de neve. Em convulsões, parecia uma cobra se contorcendo. Valentim e Catarina então se uniram em prece, suplicando a Jesus que lhes permitisse envolver aquele espírito em luz, fazendo-o adormecer. Aos poucos, ele foi se acalmando, perdendo os sentidos, e a equipe socorrista que se mantinha à distância pôde se aproximar com a maca que o conduziria às câmaras de atendimento fraterno.

A vida de Anna e Igor transcorria em paz, porém a saúde de Waleska piorava bastante. Naquele domingo, ao amanhecer, ela se desligou do corpo físico, após prolongada enfermidade. Catarina, Valentim e outros amigos espirituais a receberam com carinho, retirando-a daquele quarto onde o corpo inerte seria tratado de forma carinhosa pela família que ali se reunia.

Waleska foi conduzida a um hospital espiritual onde seria tratada de todas as sequelas que haviam em seu perispírito, em virtude de tantos anos de sofrimento diante das moléstias que a atingiram.

Já haviam se passado dez meses da união de Igor e Anna quando ela despertou com um imenso enjoo e sentindo tonturas. Tentou se levantar, mas não conseguiu. Ficou apreensiva e chama por Igor, que veio em seu socorro. Estava pálida.

Amparada por Igor e Karina, que chegou logo depois, conseguiu se sentar e tomar um pouco de água fresca. Ao melhorar, disse a eles que estava se sentindo um pouco diferente.

Karina, em sua vidência, começou a sorrir e disse em tom de brincadeira:

– Tia, estou vendo muito perto da senhora um menininho. Ele está adormecido.

Anna, que já desconfiava da gravidez, ficou muito emocionada. Naquele instante, todos se entregaram a um sentimento diferente. Era alegria, mas ao mesmo tempo havia certa preocupação inexplicável.

A gestação de Anna foi bastante difícil. Sentia-se mal, indisposta, cansada e, em alguns momentos, muito irritada. Ficava se perguntando porque sentia tudo aquilo, se estava feliz em ser mãe.

Transcorrido o período normal de gestação, começou a sentir as dores do parto. Karina foi em busca da velha parteira do vilarejo, responsável pelo nascimento de um grande número de crianças. Naquele dia, Igor estava um pouco distante, trabalhando em uma fazenda onde conseguira um bom emprego.

Em pouco tempo, Karina retornou acompanhada da parteira, mulher vigorosa, disposta e muito sorridente. Encontrando Anna deitada em sua cama, com as contrações bastante intensas, pediu a Karina que providenciasse panos bem limpos e água quente.

Ivan retornava ao lar quando viu aquela movimentação. Apressou o passo em direção ao quarto da filha.

– Nada disso, senhor Ivan! Esse momento não é para que nenhum homem participe! Espere lá fora, por favor!

As palavras da parteira não deixavam dúvida quanto ao seu cumprimento.

O trabalho de parto durou cerca de quatro horas. Karina, adolescente porém madura, pôde colaborar com sua meiguice e gentileza.

Foi quando Ivan ouviu o choro de uma criança. Suas pernas começaram a tremer, e ele, mesmo sentado, teve medo de cair, tamanho era seu nervosismo.

Depois de alguns minutos, foi convidado a entrar no quarto da filha, onde ela e o bebê já estavam prontos.

Neste momento, Igor apontou no portão. Sem saber por que, estava apreensivo. Ouvindo o barulho dos cavalos, Karina correu a chamar o pai para que viesse rápido.

– Se apresse, meu pai, venha conhecer nosso menino!

Igor desceu rapidamente da carroça e nem se preocupou em desatrelar os cavalos, tamanha era sua aflição! Como sempre fazia em horas de alegria ou tristeza, levou seu pensamento à Catarina, que para ele era como um anjo da guarda.

Ao entrar no quarto, lembrou-se do dia em que nascera Karina. Quantas coisas tinham acontecido desde então!

Dirigindo-se ao leito, beijou a testa de Anna, que estava bastante cansada. A bondosa senhora foi até ele, colocando o filho em seus braços.

Igor, sem saber a razão, sentiu um arrepio muito forte. Seu coração acelerou, e ele teve uma sensação mista de medo e angústia, misturada à alegria de ter o filho nos braços.

Em pensamento, perguntou a si mesmo: "Por que estou sentindo isso? Este momento deve ser apenas de alegria e felicidade!".

Depois de alguns minutos, a sensação se dissipou, e ele falou a Anna que estava muito feliz por receber o filhinho em seus braços. Beijou Karina, que ali estava, solícita.

Deixando o quarto, foi tratar dos cavalos. Depois de algum tempo, quando sentiu que o silêncio imperava onde mãe e filho certamente descansavam, resolveu caminhar até as margens do rio, como sempre fazia quando queria ficar sozinho.

31

Sentou-se em pequeno banco de pedra e deixou seu pensamento vagar para bem longe. Fechando os olhos, sentiu-se como se estivesse em outros tempos.

Viu-se em uma casa bem modesta, onde sabia que estava sua esposa e filha. Ao olhar para a filha, reconheceu Karina em um corpo bastante debilitado. Viu a esposa preparando o café da manhã. Algo lhe disse que se tratava de Catarina. Procurou observar aquele ambiente e se localizou naquela cena, já se preparando para sair em direção ao trabalho. Não chegou a sair, pois a filha entrara em crise. Era portadora de uma doença rara. Por esse motivo, constantemente era acometida por sofrimento imenso. Viu que a segurava nos braços, buscando ajuda, quando de repente a porta da casa se abriu, e a figura de um homem rude, que invadia seu lar, o faz acordar.

Igor despertou trêmulo, sem entender o que lhe parecia um sonho mau.

"O que foi isso? Estava tudo muito claro. Tenho certeza que estávamos juntos, Catarina, Karina e eu. E a fisionomia daquele homem é muito familiar!".

Igor retornou à sua casa com a estranha sensação de que tinha algo importante a fazer. Dormiria no quarto que ficava ao lado do seu, pois Karina e a parteira continuariam junto de Anna, para auxiliar na primeira noite de vida do bebê.

Cansado pelo trabalho do dia, não demorou a adormecer. Como que cumprindo uma rotina, desligou-se do corpo e foi novamente até as margens do rio, pois tinha a sensação que aquelas lembranças estavam incompletas e deveriam ser concluídas.

Ali o esperavam Catarina e Valentim.

– Meu querido, estamos no caminho certo! Juntos vamos procurar renovar as nossas ligações fraternas com aqueles irmãos que prejudicamos no passado! Nesta tarde, as lembranças que o tocaram já puderam confirmar aquilo sobre o que falamos várias vezes, que nosso querido Mikhail sempre lhe fala também. Lembra-se de quando conversávamos sobre a possibilidade de vivermos várias existências, que a vida do espírito não se limitava apenas a uma experiência na carne? Que a lógica divina nos mostrava que devíamos ter vivido em outras épocas, diante de revelações que tivemos? Pois bem, hoje tenho as provas de que realmente somos eternos viajantes do tempo, e caminhamos juntos várias vezes, o que justifica as desavenças havidas com pessoas que encontramos pelo caminho.

Igor, você, Anna e Karina terão oportunidade de se reajustar com alguém que no passado se sentiu muito prejudicado por você, e que agora retorna para poder receber amor e cuidados de todos. Procure envolvê-lo em amor paternal, pois Jesus os coloca frente a frente como pai e filho, dando-lhes a sublime oportunidade do reajuste necessário.

Até breve, meu amor!

QUANDO O AMOR VENCE O ÓDIO

Igor se despediu de Catarina e Valentim, se comprometendo a fazer todo o possível para ser um bom pai. Retornou ao corpo físico com uma sensação de paz.

Na manhã seguinte, antes de sair para o trabalho, foi pé ante pé até o quarto onde Anna já estava acordada, amamentando o filho.

– Anna, você está bem? Como está se sentindo como mãe?

– Estou feliz! Sempre sonhei em ser mãe, e agora Deus me concedeu esta graça. Igor, ainda não escolhemos um nome para nosso filho. Apesar de ser costume o pai tomar essa decisão, eu gostaria de lhe apresentar um nome: Yuri. O que acha? Podemos colocar este nome em nosso menino?

– É um bonito nome, Anna. Concordo com sua escolha. Então será este o nome de nosso filho.

Karina chegou ali e viu que todos já estavam acordados e bem dispostos, falando sobre o nome que seria dado ao garoto.

Rindo, lhes disse:

– Que bonito nome! Ainda bem que não escolheram Aleksander!

– Por que você diz isso? – Igor perguntou, intrigado.

– Não sei, acabei dizendo isso sem pensar – respondeu Karina, surpresa consigo mesma.

Anna também se lembrou desse nome e sentiu certo desconforto.

Vencidas as primeiras dificuldades em ser mãe de primeira vez, retomou seus afazeres, demonstrando ser uma mãe dedicada. Yuri crescia recebendo carinho de todos, especialmente de Karina, que tinha a sensação de conhecê-lo.

271

No entanto, Igor notava que, ao se aproximar do filho, este mudava seu comportamento. Sempre se recusava a vir em seu colo, chegando mesmo a olhar para ele de uma forma diferente. O pai começou a perceber que, quando o menino agia dessa forma, também sentia certa repulsa e se afastava. Mesmo diante desse quadro, ainda não associava tudo aquilo ao sonho que tivera quando o filho nasceu.

Quando Yuri completou quatro anos de idade, começou a revelar um comportamento bastante agressivo. Maltratava os animais e agia de forma sempre intempestiva. Karina, em sua sensibilidade, começou a intuir que aquele menino era o mesmo espírito que se apresentava na casa de Anna e Dimitri e que alimentava, naquela ocasião, imenso ódio por sua família. Mas se mantinha calada, pois temia cometer uma injustiça.

Naquela noite, ao se desdobrar, Karina encontrou-se com sua mãezinha e resolveu pedir ela que a ajudasse a entender o porquê das atitudes do irmão.

– Mamãe, diante das reações de Yuri com relação a meu pai, sinto que entre eles existe algo estranho. E eu tenho a nítida impressão que ele é aquele jovem que se apresentava fazendo ameaças, dizendo-se filho de Dimitri. Estou errada?

– *Querida, Deus é Pai amoroso e permite que seus filhos caminhem para a superação de todas as suas dificuldades. Você não está errada. Realmente Yuri é Aleksander, que volta para tentar superar o ódio desenvolvido contra seu pai. Igor também precisa se reajustar com o passado delituoso, pois, como sabemos, foi o causador de grandes sofrimentos a Aleksander, em represália às dores provocadas por Dimitri em encarnação remota. Sendo Dimitri e Aleksander ligados pela mesma sintonia de ódio, a última encarna-*

QUANDO O AMOR VENCE O ÓDIO

ção de Dimitri sofreu muita influência de Aleksander, promovendo uma distância ainda maior entre ele e Igor. Mas não se preocupe com isso, pois todos estão caminhando dentro das veredas do reajuste, o que foi permitido pelo Senhor da Vida. Sua participação como irmã será muito importante para ajudar a promover uma reconciliação entre Igor e Yuri. Fique em paz, minha querida!

Ao despertar, Karina sentia-se tranquila, com aquela alegria que a tomava sempre que se encontrava com a mãezinha querida. Teve uma leve lembrança sobre o pedido para ajudar o pai e o irmão. Procurou puxar pela memória para entender como seria essa ajuda.

Yuri, nessa idade, apresentava sinais de certa deficiência mental que o impedia de aprender coisas bem simples, corriqueiras. Não conseguia se alimentar sozinho e estava sempre arredio com todos. Apenas Karina recebia dele um tratamento melhor, talvez porque fosse a mais paciente entre todos da família.

Ivan, já em idade avançada, dizia que não tinha mais paciência para tolerar malcriações de crianças e pouca atenção dava ao neto.

Igor não sentia afeto pelo filho, e tudo fazia para não demonstrar aquele sentimento que mais se aproximava da aversão, embora se esforçasse para aproximar-se do filho. Quando isso acontecia, o menino fugia do pai sempre que podia. Tinha o hábito de esconder-se, e a mãe, aflita, o procurava, preocupada com que poderia ter acontecido.

Com o tempo, as manias de Yuri foram bem administradas por Anna e Karina, que sentiam que aquela criança precisava de carinho e compreensão.

Dimitri estivera contido durante esse tempo, pois, sempre que tinha alguns lampejos de consciência, retornava ao mesmo ódio, ao desejo de buscar vingança. Porém era chegado o momento daquele espírito ser colocado mais uma vez na senda da redenção, retornando à Terra para encarnação compulsória.

Assim, durante o sono, quando se encontravam afastados do corpo físico, em estado de desdobramento, Anna e Igor foram chamados à presença dos benfeitores.

— *Queridos, mais uma vez Deus lhes oferece o caminho do progresso por intermédio do amor. É chegado o momento em que vocês têm a sublime oportunidade de acolher aquele que trilhou por inúmeras vezes a mesma estrada que vocês. Estou falando de Dimitri.*

Vocês têm uma triste e dolorosa história que precisa ser refeita. Não há mais tempo para conflitos. Hoje vocês já recebem Aleksander, o filho de Dimitri prejudicado por você, Igor, em vidas passadas, servindo-lhe de instrumento de vingança contra o pai. Quanto a você Anna, também existem débitos com relação a Dimitri, pois vocês já caminharam juntos também, e você por várias vezes o repudiou em razão de interesses financeiros ou disputas aristocráticas. Quando vocês se casaram, nesta última jornada terrena, havia uma possibilidade de você buscar ressarcir esse espírito pelos graves prejuízos causados, mas ele sucumbiu mais uma vez, agravando ainda mais seus débitos para com a Lei de Deus.

Igor e Anna, não se pode ignorar que vocês dois também trazem débitos do passado quanto ao orgulho, à vaidade, à avareza e ao egoísmo. Agora, dispostos a superar, contando com ajuda de muitos que os amam, terão a melhor oportunidade de suas vidas: receber Dimitri e Aleksander para poder ajudá-los a desfazer o ódio que jorra em suas almas. Vocês já perceberam que Yuri tem certas limitações no raciocínio, justamente para não se utilizar da inteligência para arquitetar maldades. Mas traz o instinto cruel, que vocês deverão burilar por intermédio do amor de pais, orientando-o e auxiliando-o.

Quanto a Dimitri, peço a vocês que busquem forças no Pai Criador e se ofereçam para esta batalha que poderá transformá-los em grandes vencedores das próprias fraquezas. Será uma luta árdua, mas nada que o firme propósito de evoluir não tenha condições de vencer.

Saibam que estaremos sempre juntos, levando nosso apoio, nosso amor a todos vocês, em todos os momentos.

Queridos, rogamos a Deus nosso Pai que vocês retenham em suas almas este encontro e que em seus corações o amor possa lhes auxiliar nesta decisão.

Depois de um mês, aproximadamente, Anna sentiu que algo acontecia em seu corpo. Era uma sensação diferente da primeira gravidez, mas em seu íntimo tinha plena convicção que esperava outro filho. Para sua surpresa, Yuri se aproximou mais dela, e até se tornou mais terno do que costumeiramente costumava ser.

Ao retornar do trabalho, Igor foi surpreendido pela notícia que seria pai novamente. Ficou paralisado, como se tivesse tomado uma pancada na cabeça. Tentou disfarçar, mas não conseguiu.

– Anna, você tem certeza? Não pode ser um engano?

– Não, meu querido, agora tenho certeza. Estou sentindo fortíssimos enjoos, um certo mal-estar geral, mas no íntimo estou certa que teremos outro bebê entre nós.

A gravidez de Anna foi muito difícil. O médico foi chamado várias vezes, e chegava a pensar que haveria um aborto espontâneo, tal a amplitude do mal-estar de Anna. Karina, agora mais madura, sentia que viria alguém que não estava nada feliz com isso.

Karina estava na idade em que as jovens preparavam-se para o casamento, e Andrei, que se tornara amigo de Igor depois de alguns trabalhos realizados, pedira da mão da menina para seu filho.

Naquela noite, Anna estava mais disposta e pôde juntar-se a Igor e Karina na sala onde receberiam Andrei e seu filho, Boris.

Como pai amoroso, Igor já havia conversado com Karina sobre o interesse do rapaz. Ela o conhecia superficialmente, pois na igreja e nas festas do vilarejo tivera a oportunidade de vê-lo, mas ainda não haviam se falado. Simpatizava com Boris, mas sequer sabia ainda o seu nome. Quando a família de Andrei chegou, foi recebida com simpatia, e Anna convidou a esposa de Andrei e Karina para se dirigirem à cozinha, a fim de prepararem o chá.

A conversa entre os homens ocorreu de forma cordial. O pedido foi feito por Andrei, sob o olhar interessado de Boris. Igor se recordou naquele instante que naquela mesma sala, há algum tempo, ele pedira a mão de Catarina a Ivan, e alguns anos depois o mesmo se deu com relação a Anna. Foram várias lembranças numa fração de segundos. Quantas alegrias e tristezas retornaram à sua memória!

– E então, que me diz – pergunta Andrei, ao perceber que o amigo estava distante.

– Desculpe-me, meu caro amigo. Por alguns instantes me vi no passado, recordando-me desta mesma cena, nesta mesma sala. Como a vida passa depressa!

Todos riram e se cumprimentaram pelo momento de felicidade.

– Karina, minha filha, venha até aqui.

Karina, esboçando um leve sorriso, aproximou-se do pai, que, carinhoso, a abraçou, perguntando-lhe se gostaria de noivar com Boris. Na opinião dele, era um bom rapaz.

Karina sentiu-se corar diante do pretendente. Era uma moça segura, porém recatada. Como tal, baixou o olhar acenou positivamente com a cabeça.

Na sequência, o chá foi servido, e agora todos na sala comemoravam aquele encontro de almas. Os pais sentiam-se emocionados, mas permaneceram reservados, guardando seus sentimentos.

Naquele instante, Yuri, que já estava dormindo, acordou aos gritos e chegou à sala em prantos. Igor tentou acalmá-lo, mas em vão. Anna, em final de gravidez, pouco pôde fazer. Karina, em seu amor fraternal, chegou mais perto do irmão, abraçando-o e dizendo palavras de carinho, até que ele se entregou aos seus cuidados. O menino se acalmou, mas dizia palavras desconexas.

– Não quero ver aquele homem! Ele sempre me diz que vai acabar comigo! Que eu não deveria estar aqui, pois estraguei os planos dele!

– Calma, Yuri, foi apenas um sonho! Nada vai lhe acontecer!

Encaminhando Yuri de volta para o quarto, Karina conseguiu fazê-lo adormecer novamente.

Os pais de Boris discretamente se despediram e se retiraram, para não causar nenhum desconforto à família.

Andrei e Boris, que sentiam em seu íntimo que a vida na Terra era apenas passageira, comentaram sobre o ambiente negativo que notaram quando o garoto Yuri chegou à sala com os olhos esgazeados e o semblante transtornado. Sentiram que ele estava envolvido negativamente e sem dúvida havia recebido a visita de algum espírito que o atormentava.

Aquela noite foi tumultuada na residência de Anna, pois ela estava bastante preocupada com o pesadelo do filho e intuía que algo estranho estava ali em sua casa. O bebê também agitava-se em seu ventre, e ela começou a sentir as primeiras dores do parto.

Como eram sinais bem tênues, resolveu esperar até o dia clarear, e logo de manhãzinha pediu a Igor que fosse buscar a velha amiga parteira, pois sentia que era chegada a hora de dar à luz.

32

m virtude de a gravidez de Anna ter sido bem difícil, Igor estava um tanto preocupado, assim como Karina. Ela nutria um profundo amor pela tia que, desde o momento da partida de Catarina, a cercara de carinhos verdadeiramente maternais. Em sua sensibilidade, tinha a sensação que seria bastante complicada a chegada daquele espírito. Intuía ser alguém em prova, que causaria uma reviravolta na família.

Karina se colocou em oração e convidou o pai a fazer o mesmo. Amigos espirituais se acercavam daquela família, pois sabiam que o espírito a reencarnar persistia, tenazmente, no erro, e que se tratava de uma reencarnação compulsória, contrária à sua vontade.

Os procedimentos da parteira seguiam seu conhecimento de várias décadas. No entanto, ela se preocupava com a posição em que encontrava a criança. Sabia que não tinha grandes recursos diante de dificuldades como aquela. Pediu a Igor que fosse buscar o médico, pois não se achava preparada para o quadro que vislumbrava.

Anna sentiu as dores do parto se intensificarem, e Karina a auxiliou com seu amor, suas orações, seu estímulo. Depois de algum tempo, o médico chegou, buscando, junto da parteira, conduzir a situação da melhor forma possível.

Comprovou que a criança não estava em posição de nascimento. Precisaria auxiliar de alguma forma para que ela virasse e pudesse vir ao mundo.

Naquele momento, as crenças, as rezas e a fé eram da maior importância, e todos se puseram em contato com Deus. Karina e Igor pediam a Catarina e a Valentim que auxiliassem Anna naquela aflição que tomava conta de seu ser.

Milagre ou não, o menino conseguiu se posicionar para o nascimento, o que ocorreu dentro de uma hora. Anna perdera muito sangue, mas o médico conseguiu fazer um bom trabalho, revertendo a situação.

– Mais um menino, Igor!

Daquela vez, praticamente todos haviam participado da hora difícil, e a união na fé possibilitara um final feliz.

O médico notou que alguma coisa estava estranha no corpinho do bebê. Ainda não tinha um diagnóstico formado, mas, ao examinar o menino, não estava satisfeito com o que via. Não comentou nada naquele instante, pois pretendia retornar na semana seguinte para avaliar melhor. Recomendou o repouso a Anna e retirou-se.

Yuri entrou no quarto da mãe. Olhou para o irmãozinho com uma atenção especial e pediu para ficar olhando para aquele rostinho. Como criança, sentia-se atraído pelo irmão mais novo. Com isso, surpreendera os pais e a irmã, pois sempre fora uma criança hostil a todos.

Yuri pediu para ficar junto da mãe e do irmão, e Karina concordou. Também ficaria ali, para auxiliar no que fosse preciso. Várias vezes, ele aproximou-se do irmão e olhou para ele com o olhar perdido.

O bebê chorava muito e tinha dificuldade para sugar o leite materno. Anna, ainda debilitada, fazia o possível para acalmá-lo. Mas uma coisa começou a chamar a atenção de todos: quando Yuri se aproximava, ele se acalmava, e quando Igor o segurava, ele chorava com maior intensidade.

Após uma semana, o médico retornou para a avaliar como estavam a mãe e o bebê. A recuperação de Anna corria dentro do esperado, mas o bebê apresentava algumas dificuldades respiratórias, e o médico o examinou para desfazer a dúvida que o acompanhara desde o nascimento da criança.

Ele observou, apalpou e intuitivamente começou a analisar o comprimento das perninhas, o posicionamento das vértebras. Enfim procurou aquilo que responderia às suas dúvidas.

Após o exame, concluiu as pernas da criança tinham comprimentos diferentes. Julgou que devia informar a Igor apenas, pois Anna ainda estava sensível demais.

– Igor, meu caro, seu filho terá problemas para andar, pois confirmei minhas suspeitas de que algo estava errado com suas pernas. Vou explicar o que verifiquei. A respiração dele também tem alguma deficiência, que vamos observar melhor.

Igor sentiu um calafrio ao pensar que seu filho não poderia andar como as outras crianças. Sem saber por que, lembrou-se de Dimitri. Nada comentou com Anna ou com os outros filhos, pois julgava que tudo tinha a sua hora.

Ao mesmo tempo que pensava no garoto crescendo com dificuldades, não conseguia sentir compaixão, como seria normal a um pai. Levou o pensamento a Deus, pedindo perdão por não conseguir exercer a caridade paternal.

No plano espiritual, havia um irmão completamente desequilibrado, envolvido em grave perturbação. Tratava-se de Valeri que, inconformado com a informação de que tanto Aleksander como Dimitri haviam retornado à Terra, tentava de todas as formas se aproximar deles, mesmo sabendo que agora estavam envoltos na benção do esquecimento.

Junto de seus companheiros de algazarras e vinganças, maldizia aqueles que haviam conseguido fazer com que aqueles dois traidores se escondessem em novos corpos materiais, pois ainda tinha contas a ajustar com ambos.

Tentava sempre se aproximar de Yuri e do irmão, porém era impedido pelo campo energético que ali fora implantado para garantir a integridade das crianças.

– Anna, como está hoje? Sente-se mais forte? Lembra-se quando nasceu Yuri? Você pediu para escolher o nome dele. Gostaria de escolher novamente o nome de nosso filho?

– Sim, se você não se importa. Gosto muito do nome Kiev. Você concorda?

– Concordo, sim. Também gostei. Então será esse o nome dele.

Igor pouco se aproximava de Kiev. Não sentia vontade. Mesmo com Yuri tinha certa dificuldade. Como era diferente o sentimento que nutria por Karina! Nos momentos de oração, pedia perdão a Deus por não conseguir amar os meninos como amava a filha.

A distância, Valentim e Catarina mandavam seu amor àquela família, mas não tinham permissão para dar maiores informações, pois receberam orientações de, a partir daquele instante, deixar o livre-arbítrio de cada um conduzir as reações, os esforços para que aquele grupo pudesse se reajustar.

No mundo espiritual, Valentim seguia buscando seu próprio crescimento espiritual, trabalhando para que aqueles a quem amparava pudessem vencer as barreiras do ódio que causavam tantos dissabores. Catarina já havia se refeito completamente de todas as recordações mais dolorosas de sua última existência e se dedicava ao trabalho junto a mães que ali chegavam em situações semelhantes à sua.

Passados dez meses do nascimento de Kiev, Anna comparava o desenvolvimento de seu filho com o do filho de uma vizinha e notava que ele não tinha os mesmos movimentos. Ela já havia percebido que havia uma diferença no comprimento das pernas do garoto. Não engatinhava como as demais crianças. Buscando a opinião do médico, finalmente ouviu a realidade sofrida: o filho tinha deficiência na coluna vertebral, além da diferença do tamanho das pernas.

– Anna, será necessário que você e Igor se preparem para poder cuidar de Kiev com muita paciência, pois ele será uma criança que dependerá muito de vocês. Não terá os movimentos normais, e precisará de recursos e adaptações para poder se locomover.

Igor, que acompanhava Anna naquele instante, sentia-se injustiçado por Deus. Inevitavelmente lembrou-se de Dimitri. Podia vê-lo em sua mente espiritual, inválido. Anna também teve essa lembrança, mas ambos se calaram quanto a isso.

"Não é possível que Deus tenha me dado semelhante castigo", pensou Igor, revoltado. "Certamente, pelo ato que pratiquei, fui condenado pelo Pai Celestial a pagar meu erro, e assim recebi esta carga que deverei carregar, sabe-se lá até quando".

Retornaram para casa desolados. Lá chegando, informaram a Karina as revelações do médico. Ela não se assustou nem se desesperou, pois no coração guardava a certeza que aqueles dois meninos tinham vindo para redimir suas faltas e levar a toda a família a fazer o mesmo.

Com o passar do tempo, Yuri demonstrou de maneira mais clara sua limitação para aprender as coisas, para falar e para entender. Toda a família já estava ciente desse fato.

Kiev completou dois anos, e Igor providenciou uma espécie de carrinho de madeira onde o menino era acomodado. Yuri, apesar de suas limitações, cercava Kiev de cuidados e deixava de brincar com meninos de sua idade para ficar ao lado do irmão. A união entre eles era visível.

Ambos não sorriam para Igor. Anna, percebendo isso, perguntava sempre aos filhos por que eles não gostavam da aproximação do pai.

– Meu pai nunca gostou de mim, minha mãe! – Yuri respondia de modo ríspido.

– Você está enganado, filho! Ele gosta muito de vocês!

– Não, mãe, ele não gosta nem de mim nem de Kiev. E isso já faz muito tempo.

Anna não entendia o que o filho queria dizer. Porém Karina, que fazia um bolo perto dali, a tudo ouvia e percebia que aqueles dois meninos eram, na verdade, espíritos que haviam reencarnado para cobranças.

Karina e Boris se casaram em cerimônia simples, passando a residir bem próximo da casa de Igor e Anna, onde ainda guardavam luto pela morte de Ivan.

Convicta em sua fé na sobrevivência da alma, Karina buscava forças nos conselhos de sua mãe, que sempre a amparava, pedindo a ela que auxiliasse seus irmãos e seu pai na difícil caminhada que lhes fora apresentada.

Kiev demonstrava ter um raciocínio bem mais ativo que o irmão Yuri. Já com sete anos, começou a falar coisas para o irmão, sempre mostrando os defeitos do pai. Conseguiu instigar Yuri contra o pai, convencendo-o que Igor não gostava deles. Demonstrava uma grande revolta por não poder andar como as demais crianças. E, à medida que foi ficando mais velho, foi sendo influenciado por irmãos vingativos que encontravam eco em suas baixas vibrações.

Igor, de tempos em tempos, construía novo carrinho que pudesse acomodar o filho, e Yuri o conduzia pela casa e o levava até o quintal para tomar sol. Ali, os dois sempre tinham algum assunto para conversar. Quase cinco anos mais velho que Kiev, Yuri já enxergava a grande distância que havia entre eles e o pai. Os dois filhos sentiam com relação a Igor um rancor que não faziam questão nenhuma de disfarçar.

Apesar da autoridade paterna ser indiscutível, os dois filhos constantemente deixavam transparecer que não gostariam de ter nascido naquela família. Igor e Anna conversavam sempre sobre aquela situação. Yuri, já adolescente, tinha dificuldade para aprender coisas simples, e Kiev, com a deficiência física que apresentava, mostrava-se bastante inteligente.

Com o passar do tempo, despertava, nos dois irmãos, a personalidade de cada um, os aspectos egoístas e negativos que lhes caracterizavam o comportamento. Assim, Valeri, no plano espiritual, na mesma sintonia, conseguia influenciá-los – principalmente quando se encontravam momentaneamente afastados do corpo físico, durante o sono. Ele havia planejado cuidadosamente o direcionamento que daria aos pensamentos deles. Yuri e Kiev tornaram-se receptivos porque, à medida que cresciam, suas tendências inferiores se acentuavam.

Valeri, sempre à espreita de algum deslize dos membros daquela família, certa vez influenciara Anna para que perguntasse a Igor se sentia pelos meninos o mesmo amor que sentia por Karina. Igor, intempestivamente, respondeu:

– Como poderia? Você não vê como eles se afastam de mim a cada dia! O carinho de Karina, a atenção e o amor que ela demonstra não têm comparação. Dessa forma, é quase impossível para um pai poder amar a todos da mesma maneira.

Yuri, que se dirigia à cozinha, ao perceber o teor da conversa, se escondeu para poder ouvir o que os pais falavam. Naquele momento sentiu que o ódio entre eles realmente era real e provavelmente muito antigo.

Certa vez, Kiev, que não conseguia olhar para o pai sem sentir ódio, confidenciou a Yuri que eles deveriam fazer alguma coisa para livrar a mãe e eles próprios da presença do pai. Yuri, por sua vez, que não tinha a perspicácia do irmão, se deixou levar por aquela ideia. Sem saber, ambos serviam de instrumento para que Valeri pudesse concretizar seu plano.

– Podemos planejar um incêndio, agora que nossa mãe está auxiliando Karina com o bebezinho, lá na casa dela. Como estamos dormindo nas acomodações que eram de vovô Ivan, ficamos distante dos aposentos de nosso pai, e então não será difícil você me tirar da casa antes de atear fogo nela. Tenho tido lembranças fortes que me fazem ver perfeitamente que nosso pai foi o causador de grandes sofrimentos a nós dois, em outras existências que vivemos no corpo físico. Desde que Karina nos ensinou que antes desta vida tivemos muitas outras, entendi perfeitamente porque não gosto dele. Para completar, um grande amigo espiritual tem me dado todas as informações sobre os acontecimentos passados.

Os dois irmãos, cercados pelo ódio do passado e influenciados por Valeri, planejaram colocar seu plano em prática na noite seguinte.

Ao retornar do trabalho, Igor chegou em casa para o jantar, e Anna, logo que terminaram a refeição, se despediu para poder auxiliar Karina durante a noite, pois o bebê ainda precisava de seus cuidados. Ela se despediu dos filhos e de Igor, pedindo a Yuri que se encarregasse de auxiliar a Kiev na hora de se deitar.

Todos se recolheram, mas Yuri, tão logo percebeu que Igor adormecera, retirou Kiev do quarto, levando-o para o fundo do quintal, preparando-se para alcançar seu intento. Colocou uma máscara para se proteger e ateou fogo no quarto do pai, em seguida se retirando, pulando por uma janela e fechando-a por fora. A escuridão não o deixou perceber que Anna retornara, pois viera buscar uma erva para fazer um chá para o netinho. Dirigiu-se à cozinha e, quando se deparou com aquele mascarado, também viu o fogo e a fumaça chegando até ali. Ela segurou o facão com o qual cortaria a erva e não titubeou em golpear o assaltante, que caiu de imediato.

Anna correu para o quarto, mas não conseguiu entrar, pois naquele instante caíra uma viga na entrada do aposento, prensando sua perna. Aos gritos, pediu por socorro. Em poucos instantes, o genro Boris chegou, atendendo aos gritos da sogra, e conseguiu retirá-la dali. Então o telhado cedeu, arreando por completo o madeiramento do quarto onde estava Igor.

Foram momentos de desespero. Com a ajuda de mais alguns vizinhos, conseguiram debelar o fogo que tomara o restante da casa. Quando conseguiram perceber que havia mais alguém caído, retiraram sua máscara, e, para espanto de todos, a fisionomia de Yuri se apresentou com os olhos esgazeados, mas já sem vida.

Quando o fogo foi vencido e Boris conseguiu entrar no quarto, desesperou-se ao ver Igor já sem vida, no meio dos escombros.

Anna partiu em busca de Kiev, que julgava morto também, mas, para sua surpresa, não o encontrou. Chamou por ele e ouviu um grito rouco vindo do fundo do quintal. Anna teve um sobressalto. Como Kiev poderia estar ali? Qual seria a explicação?

Ela se calou diante de toda aquela tragédia. Como acontecera tudo aquilo? Era preciso coragem para descobrir a verdade. Ela sabia que Kiev era inteligente, que sua deficiência era apenas física, ao contrário de Yuri, cuja capacidade mental era bastante prejudicada.

Kiev ainda não sabia o que havia acontecido com Yuri e quase não conseguia falar. Pensou rapidamente em alguma resposta, caso a mãe lhe perguntasse quem o levara para o fundo do quintal.

Os amigos foram chegando e procurando ser úteis. Carregaram Igor para local seguro, mas nada mais poderia ser feito. Ao seu lado foi colocado Yuri.

Ninguém tinha coragem de perguntar algo sobre o fato de Yuri estar morto, vítima do golpe de facão. Porém Anna, corajosamente, relatou tudo o que acontecera.

Andrei se apressou em chamar o chefe de polícia, o padre e o médico. Diante do fato inesperado, cada um deles tinha uma missão importante.

Tomadas as providências, Boris levou Anna e Kiev para sua casa e procurou relatar a Karina, de modo cauteloso, o que havia acontecido, pois ela havia dado à luz há apenas três dias.

No mundo espiritual, Igor foi amparado por Catarina e Valentim, que o desenlaçaram do corpo físico rapidamente. Quando o fogo e a fumaça tomaram conta do quarto, Igor já havia sido acolhido por esses dois espíritos que o amavam profundamente. Dessa forma, o corpo físico atingido já não tinha mais o espírito a dar-lhe vida.

Ele estava adormecido e foi encaminhado à Colônia Bom Jesus, onde seria tratado e preparado para a tomada de consciência, que aconteceria no momento certo.

33

odos os amigos que Igor havia conquistado acompanharam com pesar seu sepultamento, que ocorreu juntamente com o sepultamento de Yuri. O silêncio e a busca por uma explicação faziam parte daquele cortejo.

Anna, ao retornar daquele doloroso compromisso, sentou-se ao lado de Kiev e, com voz baixa, disse ao filho que havia chegado o momento de esclarecer tudo o que havia acontecido.

– Kiev, não me esconda nada, por favor.

– Minha mãe, o que houve é que eu estava quase adormecido quando Yuri me arrastou para fora de casa dizendo que havia fogo no quarto de nosso pai e colocaria aquela máscara para se proteger e tentar salvá-lo. Foi isso!

Karina, que havia se levantado, ouviu as palavras de Kiev. Avistou ao lado dele o espírito Valeri, que mantinha um sorriso de satisfação, porque o menino repetia exatamente o que ele ordenava. Imediatamente sentiu que Kiev não falava a verdade. Porém, como era caridosa, resolveu se calar, pois nada de bom seria acrescentado a tudo aquilo, se ela falasse algo à tia naquela hora.

Anna ficou confusa, e seu pensamento vagueou entre a incerteza e a desconfiança. Não estava convencida com a história que Kiev lhe contara, mas, ao mesmo tempo, não encontrava outra explicação. Apenas se perguntava: Yuri teria mesmo alguma necessidade de esconder seu rosto? Aquela máscara iria protegê-lo do fogo? Lembrou-se que Igor havia comentado, há pouco tempo, a dificuldade de relacionamento que existia entre eles. "Meu Deus! Afasta de mim pensamentos como este! Yuri e Kiev são meus filhos, e de Igor! Como posso pensar que aquele incêndio pode ter sido proposital? Pior: causado pelo nosso filho?".

Naquela noite, Anna não conseguiu conciliar o sono. Valeri se aproximou quando ela se desprendeu do corpo físico. Fingindo-se de amigo, foi logo dizendo que gostaria de ajudá-la a entender o que acontecera.

– *Senhora, minha intenção é livrá-la desta angústia. Diante de todo seu sofrimento, da culpa que está sentindo por confundir seu filho com um malfeitor e atacá-lo, provocando sua morte, me vejo no dever de lhe falar a verdade.*

Kiev está mentindo. Ele e Yuri planejaram tudo. Apenas não contavam com seu retorno, justamente naquele instante. Yuri colocou a máscara para se sentir mais seguro e, antes de qualquer coisa, levou Kiev para o fundo do quintal, pois sua intenção era pedir por socorro assim que tivesse se livrado da máscara e visto que Igor já não conseguiria sair daquele quarto.

Igor tinha razão em não gostar deles, pois são inimigos há muito tempo. Mas a senhora não pense que seu Igor é um santo, Ele também não é! Ele também tirou a vida de Dimitri, não foi? Então, é possível verificar que todos ali são lobos em pele de cordeiro!

Valeri tomou o cuidado de não revelar que Kiev era o mesmo Dimitri que voltara. Resolveu deixar isso para outra ocasião.

No mundo dos espíritos, alguns dias se passaram, e os cuidados que Valentim e Catarina dispensavam a Igor fizeram que ele tivesse alguns momentos de lucidez. Mas Igor não podia vê-los e, por instantes, percebia que não estava em sua casa. Procurava identificar o ambiente, mas não conseguia. E acabava adormecendo novamente.

Naquela manhã, o sol aqueceu com sua energia toda a Colônia Bom Jesus. Na porta do quarto estavam Catarina e Valentim, aguardando o despertar de Igor. Assim que ele avistou Catarina, deu um grito de alegria!

— *Catarina, é você? Como está aqui? Estou delirando?*

— *Calma, meu querido, é você quem está no mundo em que eu vivo! Você retornou à pátria verdadeira, ao plano espiritual. Procure se acalmar. Juntos, iremos rever como você chegou aqui. Este é nosso amado amigo espiritual, Valentim, que há muito nos acompanha.*

Valentim e Catarina relataram a Igor o que acontecera. O incêndio, o desabamento do telhado, o momento em que eles o retiraram do local, poupando-o de presenciar o que acontecia com seu corpo físico. Omitiram propositalmente como começara o incêndio.

— *E os outros? Os meninos? Eles já haviam se deitado também. Apenas Anna não estava em casa, pois nossa Karina está se restabelecendo do parto recente.*

Valentim bondosamente disse a Igor que em breve falariam sobre tudo aquilo. O principal era que procurasse se desprender dos reflexos que normalmente atingem o espírito recém-desencarnado, principalmente em desencarnes inesperados.

YURI, AO RECEBER O GOLPE que o atingira em cheio, sentiu uma dor profunda e viu a si mesmo caído no chão, ao mesmo tempo em que gritava por socorro. Parecia que estava no chão, mas, ao mesmo tempo, estava ferido e pedia ajuda! Cambaleou ferido, procurando uma forma de estancar o sangue que sentia jorrar aos borbotões. Colocava sua mão no ferimento e procurava fazer alguma coisa até que chegasse alguém.

Viu uma choupana com uma tênue luz em seu interior. Esperançoso, foi até lá. Entrou, chamando alguém que ali estivesse, e deparou com uma mulher de aspecto andrajoso que sequer olhou para ele.

– *Me ajude, por favor, faça alguma coisa, pois fui ferido! Estou sangrando muito!*

Quando a mulher o encarou, soltou uma gargalhada, dizendo-lhe vários impropérios.

– *Não sou médico. Não posso fazer nada e não quero fazer nada.*

– *Se eu não for tratado, posso morrer! Me ajude!*

– *Sossegue, você não vai morrer de novo. Você já está morto.*

Yuri saiu rapidamente dali, dizendo a si mesmo que aquela devia ser uma louca qualquer. Continuou caminhando a esmo, vendo o sangue jorrar, sem nada poder fazer. Em dado instante, sentou-se e viu que alguém se aproximava.

– *E então, seu desajeitado! Até para o acerto de contas você é um fracasso.*

Yuri não reconheceu aquele homem de mau aspecto que estava à sua frente. Mesmo assim, pediu ajuda e disse que não sabia do que falava.

– Puxe pela memória! Somos velhos conhecidos. Sou Valeri, não está vendo? Era eu que ultimamente lhe dava forças para planejar a vingança contra nosso inimigo comum.

Yuri sentiu-se desfalecer. Parecia que todo o sangue que brotava do ferimento o aniquilara definitivamente. Onde estava? Quem era aquele homem?

Então aproximou-se uma caravana que habitualmente fazia ali sua ronda, e era composta por servidores do Nazareno que se dedicavam a levar auxílio a quem tivesse vontade de ser ajudado. Eles faziam o convite a todos, para que se dispusessem a buscar a verdade sobre si mesmos.

Ao tocar Yuri, o servidor o envolveu em paz. Por alguns minutos, ele se sentiu bem. Abriu os olhos e se surpreendeu ao ver a seu lado alguém bem diferente daquele homem que ali estava anteriormente.

– Meu irmão, nosso Divino Mestre Jesus o convida para reflexões e possíveis mudanças. Gostaria de nos acompanhar?

– Acompanhar para onde? O que eu quero é curar este ferimento, pois preciso retornar com urgência à minha casa e ver como está Kiev, pois juntos demos uma lição naquele que pensa que, por ser nosso pai, pode nos tratar com desprezo. Vocês podem me ajudar?

– Irmão em Cristo, nosso propósito é um pouco diferente deste que você deseja. Oferecemos a oportunidade de avaliar tudo o que lhe aconteceu, bem como os porquês dos fatos desastrosos praticados por você. Quer nos acompanhar?

– Se vocês querem me ajudar somente do seu jeito, então dispenso. Haverei de encontrar um jeito de me curar e poder retornar para minha casa.

Os servidores de Jesus se retiraram, indo em busca de espíritos que já estivessem cansados de sofrer e desejassem buscar uma nova forma de vida.

Quando se afastaram, Valeri se aproximou novamente. Desta vez trazia gaze, ataduras e medicamentos e disse a Yuri que trataria de seu ferimento. E assim que estivesse melhor, ambos iriam à casa de Karina para conversar com Kiev e com Anna.

Na mente espiritual de Yuri formou-se o quadro mental do ferimento sendo cuidado, e ele sentiu como se estivesse no corpo físico. Valeri tomava a precaução de lhe omitir tudo aquilo que não era de seu interesse.

Kiev ficou imensamente abalado com a morte de Yuri, pois ambos se afinavam diante de ideias e pensamentos sintonizados com o mal. Às vezes se perguntava se a mãe havia acreditado na sua história. Na casa de Karina, onde estavam ainda, sentia-se meio marginalizado, pois os cuidados com o bebê exigiam que Anna e Karina se dedicassem ao pequenino.

Sempre que adormecia, sentia-se atraído por um lugar onde avistava Yuri acompanhado de alguém que ele tinha a sensação de conhecer. Via que Yuri estava envolto em ataduras e se perguntava se ele havia morrido mesmo.

Boris tomara providências para colocar a casa de Anna em condições de ser habitada outra vez, e, depois de algum tempo, Kiev e Anna puderam retornar a seu lar.

Anna entrou no lugar onde nascera, crescera, onde conhecera as mais variadas emoções, onde recentemente pudera alcançar o seu grande sonho de amor que era casar-se com Igor, e agora retornava com Kiev, apenas, e com a dúvida constantemente em seu pensamento, a lhe machucar. A pergunta sempre se repetia: qual a participação de Kiev em tudo aquilo? Yuri planejara sozinho? Seria difícil, pois tinha uma inteligência limitada.

Aos poucos, Anna foi negligenciando nos cuidados com Kiev. Karina percebia a nostalgia que tomava conta da tia. O desinteresse pela vida era notório, e o afastamento de mãe e filho preocupava Karina, pois amava o irmão e a tia.

A saúde de Anna começou a definhar. Ela mal se alimentava, e Kiev apresentava problemas circulatórios graves, em razão de sua falta de mobilidade. Karina pediu a Boris que chamasse o médico para ajudar aqueles dois seres queridos que estavam, de alguma forma, se desligando da vida.

Enquanto isso, Igor já estava recuperado de todos os reflexos que normalmente precisam ser desfeitos durante o período chamado de perturbação espiritual.

Ele tomou ciência de todo o ocorrido, bem como do fato de Yuri ser o mesmo espírito que se denominava Aleksander. Ainda pudera conhecer fatos do passado que haviam atingido a ambos e também a Dimitri, que no passado remoto e recente cruzara seu caminho de forma desastrosa.

Igor chorava constantemente. Percebia que seus erros eram muitos. Tinha convicção de que precisaria enfrentar duras provas em existências futuras, pois agredira de várias formas as Leis Divinas, tendo se endividado bastante diante da Lei de Ação e Reação.

O médico conversou bastante com Anna, procurando incentivá-la a retomar a vontade de viver, procurando motivá-la a cuidar de Kiev, cuja saúde estava bastante prejudicada, pois andava praticamente esquecido por ela. Deixou ali alguns medicamentos, recomendando que ambos tomassem conforme a prescrição. Mas foi tudo em vão.

Anna procurou demonstrar a Karina que lutava para melhorar, mas, no íntimo, procurava uma forma de deixar este mundo. Pensou em mil formas de juntar-se a Igor, a seus pais, a sua irmã, enfim, de buscar a todos aqueles que ela verdadeiramente amava. Acabou decidindo tomar o mesmo veneno que utilizava para matar insetos e bichos. Então preparou o veneno mortal e o ingeriu durante a noite.

No dia seguinte, Karina acordou com um mau pressentimento. Aguardou a vinda da tia, o que acontecia sempre pela manhã. Porém ela não apareceu.

Aflita, dirigiu-se até a casa Anna, chamando por ela no portão. Kiev, que ainda estava na cama, pois não conseguia alcançar sozinho o seu carrinho de madeira, acabou respondendo, pedindo a irmã que entrasse.

Karina encontrou Kiev e o ajudou a se transferir para o carrinho. Em seguida, levantou uma espécie de cortina que dividia o dormitório onde mãe e filho dormiam.

A cena que se apresentou a Karina e Kiev era aterrorizante. Anna estava toda contorcida, caída ao chão. Próximo dela, uma caneca vazia. Não restava dúvidas, Anna estava morta.

– Meu Deus, mais uma tragédia! Por que nossa família está se desagregando de forma tão violenta e inesperada? O que será que nos liga a esse tipo de sofrimento?

Mais uma vez, a tristeza alcançou o coração de Karina, que agora tinha o ombro amigo de Boris. Este se mostrou um companheiro amoroso, dando-lhe forças para suportar mais uma perda. Seu coração estava calejado por tantas despedidas e agradeceu a Deus por ter junto de si o filhinho querido, que viera trazer luz à sua vida.

Após o sepultamento de Anna, Karina, conversando com Boris, lhe pediu para levarem o irmão Kiev a residir com eles. Como ele viveria sozinho? Não teria nenhuma condição de sobrevivência. Ela sabia que seu trabalho aumentaria. Justamente agora, com o filhinho tão pequenino, deveria amparar também o irmão.

No plano espiritual, Catarina e Valentim lamentavam a situação de Anna. Por isso, solicitaram permissão aos Instrutores para auxiliar aquele espírito em desequilíbrio. Seria muito doloroso não poder minimizar o sofrimento de uma irmã, dizia Catarina.

Mas o campo vibratório que ela havia criado para si própria era imensamente negativo. Estava no vale das sombras e, em desespero, clamava pela morte que iria poupá-la daquela dor.

– *Não quero mais viver, mas estou viva! Não quero mais pensar, mas estou pensando! O que devo fazer para acabar com este sofrimento?* – assim, Anna vagava, em espírito, completamente desorientada e desequilibrada.

Igor, que ainda recebia auxílio para seu restabelecimento, também lutava muito para debelar o ódio que teimava em se instalar em sua mente. Ele já sabia que os próprios filhos haviam planejado o incêndio. Tinha conhecimento também que esses dois filhos recebidos em seu lar eram os arqui-inimigos Dimitri e Aleksander.

– Eles conseguiram destruir a pequena fagulha existente em meu coração, a proposta de uma melhorar meus sentimentos. Por que Deus os colocou em minha vida novamente? Por que não me preparei melhor para enfrentar esses dois desafetos tão cruéis?

– Igor, meu querido filho! Você está se prendendo apenas ao que eles lhe fizeram. E o que você já fez a eles também? Isso não conta? Foram muitos os crimes praticados por todos vocês, e nenhum é inocente. O orgulho de vocês os impediu, nas várias tentativas de reconciliação, de conseguirem se perdoar. E o Divino Pai lhes deu mais uma oportunidade para que isso pudesse acontecer. Mas nenhum de vocês se esforçou para isso.

Catarina, Karina, Mikhail, todos levaram seu quinhão de bondade para que vocês pudessem superar as diferenças. Até a pobre Anna tentou, à sua maneira, interromper o processo de ódio e vingança que liga você, Dimitri e Aleksander. Valeri, sempre à espreita, causou muitos dos desastres entre vocês.

Atualmente, Karina tem superado muitos obstáculos para poder cuidar de Kiev, cuja vida terrena está quase acabando, pois seu sistema circulatório funciona de modo precário. Ela sente no fundo de si que tem compromissos fraternos com ele, porque já conviveram por várias vezes, em situações desfavoráveis.

Kiev, porém, não demonstra nenhuma gratidão por ela. O fato de ser sua filha é, para ele, o suficiente para não buscar ser agradecido pela ajuda recebida.

Igor, certamente haverá muitos encontros entre vocês, até o dia em que o perdão possa dissipar o montante devedor que os envolve. Procure desde já se esforçar para interromper este ciclo vicioso de ódios e vinganças.

Igor a tudo ouviu em silêncio. Era muito doloroso. E ele pediu para conversar com Catarina, pois precisava do auxílio dela para colocar a cabeça em ordem.

Obtida a permissão, Catarina e Igor se acomodaram sob frondosa árvore, e ela procurou confortá-lo, falando de Deus, das Leis de Causa e Efeito e do maior mandamento que Jesus nos ensinara, que nos orientava a amar o próximo como a nós mesmos.

Inspirada, Catarina tocou o coração de Igor e terminou informando a respeito do regresso de Anna, daquela forma tão deplorável. Ele se compadeceu de seu estado e reafirmou que se casara com ela atendendo o pedido de Catarina, mas no fundo nunca pudera amá-la.

Poucos meses depois, em uma manhã chuvosa, Karina encontrou Kiev em sua cama, completamente rígido. Ela já havia sido avisada pelo médico que suas condições físicas estavam absolutamente precárias, e a qualquer momento sua circulação entraria em colapso.

Apesar da tristeza, sentiu até certo alívio, pois sabia que seu irmão nada podia esperar da vida, a não ser dor e sofrimento. Sentiu-se em paz com sua consciência. No fundo, tinha uma sensação de dever cumprido, pois lhe parecia dever algo a ele.

Dimitri e Aleksander – reencarnados como Kiev e Yuri – não conseguiram resgatar os erros de outras existências. Ao contrário, acumularam débitos espirituais ainda maiores, incapazes de amenizar a carga de ódio que carregavam, à qual se agarraram com todas as forças.

Dimitri – encarnado na condição de Kiev – tão logo deixou o corpo físico, foi cercado por Yuri e Valeri que o arrastaram daquele local. Ele estava atordoado, mas foi levado por eles a uma cabana e atirado ao chão por Valeri. Depois que este relatara a Yuri vários fatos vividos por eles, junto a Dimitri, em épocas distantes, Yuri transformara em um sentimento de cobrança o pouco de carinho que supostamente dedicava a Dimitri.

– *Ele precisa de um tempo para poder nos ouvir, pois ainda está ligado àquele corpo de carne* – informou Valeri, que já conhecia bastante a forma de vida no mundo espiritual, embora fosse guiado sempre pelos sentimentos inferiores. Estava há um bom tempo no plano espiritual e, tendo a inteligência bastante desenvolvida, sabia como manejar o poder de controlar outras mentes. Para ele era uma questão de honra fazer Dimitri sofrer sempre, até que se julgasse vingado.

Sabia que em algum momento precisaria reencarnar, mas sempre fugia dessa situação. Sabia também que Dimitri e Aleksander voltariam à Terra, mesmo sem ter participado dessa decisão, em virtude dos apelos que a mãe de Dimitri fizera à Jesus, no intuito de ver o filho se desligar dos sentimentos de ódio que o corroíam. E o mesmo acontecia com relação a Aleksander. Ele próprio, a qualquer momento, precisaria aceitar essa oportunidade de reencontro com os desafetos. Mas, enquanto pudesse, adiaria.

34

$\mathcal{E}$m uma manhã ensolarada, Valentim pediu a Catarina que o acompanhasse, pois abnegados servidores do Cristo haviam idealizado um encontro um encontro com Anna, Igor, Aleksander e Dimitri. Valeri, provavelmente, também estaria presente. Seria uma sublime oportunidade para rever o passado milenar que os afligia de maneira assustadora.

Assim, foram até a Colônia Servos de Maria, para onde os Mensageiros do Amor levariam os integrantes daquele grupo que se desarmonizara há tanto tempo, e que a partir dali não conseguira mais se recompor em seus sentimentos.

O local era de uma beleza cálida, onde havia flores dos mais variados matizes, aves sonoras e a pequena cachoeira dava a energia renovadora a quantos ali estivessem. O pequeno salão, já preparado para recebê-los, estava envolto em suave luz azulada.

Formou-se um pequeno círculo onde estavam acomodados os protagonistas daquele encontro, cada um acompanhado de um espírito amigo, cujo propósito era auxiliar seu protegido a olhar de frente toda sua trajetória como espírito imortal.

A autoridade moral que se fazia sentir em cada Anjo Tutelar dava a segurança a cada um dos membros daquele grupo de desafetos, pois todos necessitavam ser contidos, para poder se defrontar naquele encontro que fora programado por espíritos benfeitores.

Desta forma, Valentim e Catarina chegaram cumprimentando a todos com um sorriso fraterno. Agradecendo a Jesus por aquele momento, Valentim elevou singela prece ao Mestre Divino.

– *Mestre Amado, somos todos devedores das Leis soberanas que compõem a Justiça Divina, e aqui estamos, rogando Tua misericórdia às nossas almas em desalinho. Senhor, dá-nos a mansuetude para podermos avaliar nossos passos na senda divina, e que possamos nos curvar ante a verdade que nos será revelada. Abençoa e fortalece, Senhor, a cada um de nós, para nos conscientizarmos que precisaremos retornar ao palco terreno, em situações provavelmente de grandes provas, a fim de iniciarmos nosso processo de redenção. Sê conosco, Jesus!*

Energias renovadoras se derramaram sobre aquele pequeno grupo, e mesmo os mais endurecidos sentiram-se tocados por uma luz nunca antes percebida. Foram momentos abençoados de renovação, ofertados por Jesus por intermédio dos servidores do bem que lá se encontravam.

Valentim, convidando a todos para se manterem envoltos na energia da prece, dirigiu-lhes palavras de conforto e esperança:

– *Irmãos queridos, já não há tempo para desperdiçar com o aprisionamento de nossas almas em sentimentos que precisam ser substituídos. Esta é a hora em que a verdade de cada um deverá ser a verdade de todos, pois as interpretações pessoais que ocasionaram*

QUANDO O AMOR VENCE O ÓDIO

uma montanha de ressentimentos precisam ser revistas. Cada um de vocês registrou fatos relativos ao momento que viviam, sem no entanto ter o conhecimento das razões que motivaram aqueles fatos.

Agora, serão projetados nesta tela os acontecimentos em cada um de vocês foi protagonista em alguma ocasião, e poderemos, com as bênçãos do Cristo, encontrar caminhos para recomeçar nossa caminhada rumo à reconciliação.

Assim, foram projetadas as imagens de encarnações em que Valeri, Dimitri, Igor, Aleksander, Anna e a própria Catarina tinham convivido sob as nuvens sombrias da traição, do ódio e do crime. À medida que tudo era mostrado, cada um deles se contorcia e se assustava.

Os espíritos benfeitores, anjos guardiões que os envolviam amorosamente, transmitiam a eles sentimentos puros e trabalhavam suas mentes para que aquelas verdades lhes trouxessem explicações claras sobre o passado de cada um.

– *Com a intenção pedagógica de transmitir o alcance da justiça divina, examinamos existências relevantes dos personagens mencionados, destaques da nossa retrospectiva.*

Ao final daquele memorável encontro, todos foram convidados a buscar os tratamentos adequados às próprias necessidades, nas colônias apropriadas para socorrê-los. Valeri, que há muito tempo não conseguia avistar sua mãe, teve esse benefício, embora ela estivesse a seu lado por longo tempo, e sua cegueira espiritual não o deixasse vê-la.

Da mesma forma, despertou o amor que Valeri dedicava a Anna, mas de uma maneira impura, porque ao mesmo tempo não conseguia perdoar o que ele chamava de traição.

Ao se despedir, Valentim solicitou a todos que se esforçassem muito para superar aqueles séculos de vingança, que buscassem a Jesus para lhes dar forças, que se preparassem com toda sua coragem para retornar ao palco terreno, pois isso fatalmente aconteceria.

– *Todos vocês são os filhos amados do Pai Criador, e Ele lhes dará todas as condições para vencer, mas ao exercitar o livre arbítrio, cada qual demonstrará até onde chegou seu esforço na direção do perdão e do amor.*

Na Terra existem países cuja atmosfera fluídica é mais amena, agradável, que oferecem oportunidades belíssimas para reencontros redentores, e vocês certamente serão conduzidos a um lugar onde poderão colocar em prática todo o aprendizado que, de agora em diante, lhes será oferecido.

Alguns de vocês levarão facilidades para o engrandecimento intelectual, outros para superarem dificuldades econômicas e sociais e se tornarem líderes, porém todos estarão expostos a seus próprios pontos fracos. Será oferecida a cada um a oportunidade de participar da elaboração de seu próprio projeto redentor, desde que haja sinceridade de propósitos.

Aqueles que se fortalecerem para suportar provas difíceis como perdas, abandono, solidão, traições, serão amparados, sem dúvida, pelos amigos espirituais, que estarão sempre em suas vidas, seja como encarnados ou desencarnados.

Não entendam que estarão livres de influências negativas, pois elas existem e por um largo tempo existirão em planetas afins, porém, cada um de vocês terá toda a condição de repelir qualquer tipo de influência que os conduza para a prática do mal.

Aqueles que se consideram mais inteligentes que os demais, trabalhem o orgulho e a vaidade, pois certamente essas imperfeições os prejudicarão em sua nova jornada terrestre. Todos terão oportunidade de se encontrar, das formas mais variadas, e no momento certo formarão um círculo, como o de hoje, no qual cada personagem precisará desempenhar seu papel com firmeza e com seriedade.

Todos correrão o risco de fracassar, mas levarão também imensas possibilidade para vencer. Cada um será colocado no lugar adequado ao seu crescimento e será exposto às provas que serão ofertadas pela Lei de Causa e Efeito.

Alguns experimentarão, desde a infância, o temor, a insegurança; outros serão açoitados pelo egoísmo, pelos vícios, pelas dificuldades básicas dentro da família, pelas lutas pelo pão de cada dia, lutarão contra o orgulho que lhes açoitará a alma, mas todos estarão sob a proteção de Cristo.

A pátria conhecida como Terra do Cruzeiro está recebendo grandes luminares do mundo maior, espíritos da mais alta envergadura moral. Esperamos que por lá, entre eles, possam reencontrar-se em ambiente propício à redenção de suas almas. Este país receberá todos os povos, sem distinção de raças, e estará preparado para acolher e multiplicar a divulgação da Doutrina do Cristo, quando chegar o momento certo.

Não se preocupem com o tempo que demandará para que cada um encontre sua porta de Damasco, o que importa é que vocês retornem à Terra e recomecem. Oxalá todos consigam vencer suas batalhas interiores!

Karina acordou naquele domingo ensolarado com uma sensação diferente. Lembrava-se que durante a noite estivera em um auditório onde pudera ver seus pais, irmãos, a tia Anna. Haviam outros mais, porém ela se detivera a observar a família. Estariam eles todos juntos?

– Boris, vou lhe contar um sonho que tive...

O atencioso companheiro ouvia sempre com carinho os sonhos de Karina, e ambos sabiam que eram encontros reais. Por esse motivo, tinham convicção que todos eles estavam vivendo realmente, em algum lugar.

– Boris, uma coisa me intrigou: em dado instante, ouvi alguém dizer que todos eles retornariam à Terra, para continuar na luta para se reajustarem. Quando será que isso vai acontecer? Se Deus me permitir, quando isso ocorrer, se eu também estiver por lá, gostaria de retornar mais uma vez junto com eles.

– Querida Karina, vamos fazer o possível para conduzir nossa vida dentro do amor e da paz, ensinando ao nosso filho que o respeito ao semelhante é condição do homem de bem.

VÁRIAS DÉCADAS SE PASSARAM. Karina e Boris envelheceram juntos e retornaram ao plano espiritual cultivando a paz em suas almas.

Depois de mais algumas décadas, quando o grupo em provas se preparava para retornar à Terra, Karina pediu a Valentim que intercedesse por ela para que pudesse retornar também, no momento que fosse possível, pois sentia que ainda tinha tarefas a realizar no sentido de reparar falhas do passado.

– *Amigo Valentim, sinto no fundo de minha alma que preciso de alguma forma promover a ligação de almas que ainda têm muita dificuldade para se perdoar. E também sei que carrego dívidas con-*

traídas na antiga Jerusalém. Portanto, seria para mim abençoada oportunidade de crescimento espiritual, de contribuir de alguma forma para os encontros que serão necessários.

— Minha querida, levarei seu pedido aos nossos superiores. Sei da grandeza de seus propósitos.

Após algumas semanas, Valentim procurou Karina para informar-lhe que tivera início o processo de retorno à Terra dos irmãos Dimitri, Igor, Catarina, Anna e Valeri. Cada um tivera aprovada sua jornada redentora.

— Quanto a você e Aleksander, aguardarão mais um pouco. No momento certo, retornarão, cada um para sua oportunidade de renovação.

Um sentimento que misturava alegria e apreensão tomou conta de Karina. Ela sentiu que vivenciaria acontecimentos marcantes, desde o seu nascimento, e enfrentaria provas difíceis, mas importantes para sua libertação.

— Meu querido amigo Valentim, uma estranha sensação tomou conta de mim quando lhe ouvi dizer que eu e Aleksander retornaremos um pouco mais adiante. Seremos aceitos com amor? Seremos acolhidos como filhos amados?

— Karina, amada minha, estas respostas só o tempo poderá lhe dar. O livre-arbítrio é conquista do espírito imortal, e ele é o condutor dos sentimentos e das ações de toda a humanidade! Tenha certeza que Deus, o Pai Criador, está sempre aguardando o progresso de todos os seus filhos. Por mais que um filho Seu seja recalcitrante no mal, Deus jamais deixará de amá-lo.

A partir de agora, nossos irmãos estarão mais uma vez se lançando na grande batalha travada entre seu inconsciente que guarda em si o passa espiritual, cobrando débitos contraídos anteriormente, e o consciente que lhe dará a oportunidade de vivenciar os fatos de acordo com sua bagagem espiritual.

Serão grandes vencedores, ou mais uma vez sucumbirão diante das lutas da vida.

Querida, você e Aleksander, embora em colônias distintas, estarão em ligação constante com os futuros pais e, no momento escolhido pelo Criador, retornarão à Pátria abençoada pela luz do Cruzeiro do Sul.

Muita paz!

Palavras finais

Ao receber o convite de nosso amado Luizinho para relatar nesta obra simples e despretensiosa, uma parte de nossa trajetória, fui tocada por uma doce emoção.

Foram recordações que me conduziram a um passado distante, em que a convivência com afetos e desafetos que se defrontavam com suas próprias imperfeições, me fez amadurecer diante de dores que atingiram corações que me são muito queridos.

A cada oportunidade de vivência terrena que nos é oferecida pelo Pai Criador, somos convidados a demonstrar o quanto já conseguimos alcançar na direção do perdão e do amor. E quando nos perdemos pelos desvios do caminho, comprometendo aquela encarnação, lançamos sementes de dor para nosso futuro espiritual.

Amigo leitor, na história de vida que você acabou de conhecer, uma parte de nossa trajetória lhe foi mostrada, trajetória esta que nos encaminhou para novos resgates de luz os quais nos colocaram novamente no palco da vida no século 20, oferecendo a todo este grupo, novas oportunidades de reajuste.

Depois de longa preparação, alguns conseguiram ressarcir débitos milenares, todavia, outros acabaram se comprometendo ainda mais com as Leis de Causa e Efeito.

O encontro em terras brasileiras foi um marco libertador para minha alma em aprendizado, e os poucos anos em que convivi com pessoas amadas, que assim como eu, enfrentaram lutas acerbas, me proporcionaram o tesouro inestimável do perdão. Ao receber todo o carinho e dedicação daquela que me proporcionou a oportunidade da reencarnação, me fortaleci para que a prova final representasse a libertação do passado milenar. Trago comigo as mais lindas lembranças do amor materno que, diante da imensa dor de nossa separação, conseguiu ainda assim, doar-se a outras meninas e jovens oferecendo-lhes amor, carinho e amparo, amenizando suas dores e suprindo suas necessidades.

Obrigada Jesus pela bênção da reencarnação redentora!

NATASHA

Os mistérios que rondam os dois lados da vida...

Vultos sombrios, uma casa assombrada e um segredo...

Distante da cidade, a casa do bosque esconde um estranho segredo. Seus vizinhos estão certos de que a residência é assombrada. Desafiando o perigo, Leandro invade o lugar. Protegido pelo entardecer, ele penetra na casa e cai nas garras do desconhecido. O primeiro a recebê-lo é um vulto sombrio...

Mais um sucesso da Petit Editora!

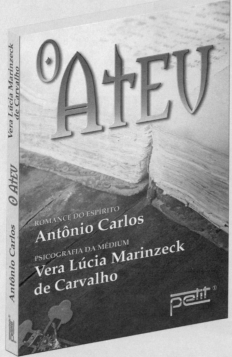